"彝路相伴""牵手伴行"
行动计划纪实

本书编委会　编著

西南财经大学出版社
Southwestern University of Finance & Economics Press
中国·成都

图书在版编目(CIP)数据

"彝路相伴""牵手伴行"行动计划纪实/本书
编委会编著.--成都:西南财经大学出版社,2024.11.
ISBN 978-7-5504-6481-0

Ⅰ.I25

中国国家版本馆 CIP 数据核字第 2024B3F095 号

"彝路相伴""牵手伴行"行动计划纪实

"YILU XIANGBAN" "QIANSHOU BANXING" XINGDONG JIHUA JISHI

本书编委会　编著

策划编辑:何春梅
责任编辑:周晓琬
责任校对:余　尧
装帧设计:星柏传媒
责任印制:朱曼丽

出版发行	西南财经大学出版社(四川省成都市光华村街 55 号)
网　　址	http://cbs.swufe.edu.cn
电子邮件	bookcj@swufe.edu.cn
邮政编码	610074
电　　话	028-87353785
照　　排	四川胜翔数码印务设计有限公司
印　　刷	成都市金雅迪彩色印刷有限公司
成品尺寸	170 mm×240 mm
印　　张	10.5
字　　数	192 千字
版　　次	2024 年 11 月第 1 版
印　　次	2024 年 11 月第 1 次印刷
书　　号	ISBN 978-7-5504-6481-0
定　　价	68.00 元

编委会

主　　任	益西达瓦
副 主 任	胡建林
主　　编	杨伯明
副 主 编	李权财　李　琦
参编人员	彭　俊　万　千　黄晓虎　郭盼盼
	施婉琳　唐　攀　张　丹

序

　　习近平总书记指出："对易地扶贫搬迁群众要搞好后续扶持，多渠道促进就业，强化社会管理，促进社会融入。"易地搬迁不仅是为群众建新房、安新家，还包括帮助群众搬迁融入、重塑生活。在调研中，我们发现搬迁群众由"煮饭用水不要钱、地里坡上有资源"的低生活成本环境到"东西虽然好，处处需花钱"的高生活成本环境，从"席地而坐"的散漫生活变为"文明规范"的社区生活，从"孩童相戏、守望相助"的熟人社会变为"各自奔忙、较少往来"的陌生人社会，存在"生活方式改变难、生产方式改变难、心理需求适应难、重构社会秩序难"的"四难"问题。

　　为防止搬迁群众规模性返贫返迁，近年来，四川省民政厅创新实施"彝路相伴"三年行动计划，通过发挥社会工作专业优势，开展社区治理和为民服务，引导凉山彝族自治州布拖、金阳、昭觉、喜德、越西、美姑6个县的6个大型集中安置点的搬迁群众融入现代文明生活。2021年以来，又推广"彝路相伴"经验，策划实施"牵手伴行"行动计划，把来自叙永、古蔺、马边、理塘、色达、布拖、金阳、昭觉、喜德、越西、美姑11个县的800余人共33个安置点全部纳入，助力社区治理发展，帮助群众安居乐业，推动易地扶贫搬迁集中安置社区"深耕善治"，为巩固拓展脱贫攻坚成果同乡村振兴有效衔接做出了积极贡献。

为了系统展示安置社区的变化，四川省民政厅联合西南财经大学编写本书，既从工作层面系统总结了"彝路相伴""牵手伴行"行动计划的服务缘起、服务理念、服务内容、服务成效，也从服务的细节层面深入介绍了具体的服务开展情况，还从参与服务的高校师生、本土社工、外来社工、民政局干部、社区书记的角度，展现了他们参与服务的收获与成长，相关内容十分丰富、深刻、有趣且富有启发，相信会给读者带来一些启迪和思考。

本书编委会
2024 年 5 月

目 录

第一部分 厅校社行动纪实

第二部分 服务案例

第三部分 暖心故事

第一部分

厅校社行动纪实

"彝路相伴""牵手伴行"
行动计划简介

习近平总书记指出:"易地搬迁是解决一方水土养不好一方人、实现贫困群众跨越式发展的根本途径,也是打赢脱贫攻坚战的重要途径。"四川省凉山彝族自治州(以下简称"凉山州")易地扶贫搬迁规模达到 7.44 万户共计 35.32 万人,其中不乏安置规模在 6 000 人以上的特大型易地扶贫搬迁安置社区。2020 年 5 月,凉山州的最后几个大型易地扶贫搬迁安置社区相继建成,数以万计的搬迁群众迁入新居。但搬迁后,还有一系列的问题亟须解决。

首先,如何把党的组织迅速建立起来,并切实发挥好领导作用。易地扶贫搬迁社区内的党员数量偏少、党员年龄普遍偏大,大家对新时代的党建工作理解不到位。同时,易地扶贫搬迁社区的党组织有序建立起来后,如何掌握有效的工作抓手,持续发挥党的坚强领导力,真正发挥好党建引领的作用,还有待进一步探索。其次,易地扶贫搬迁社区的"两委"①工作人员,习惯了传统的管理型思维,缺乏现代化的治理理念和能力。如何面向他们进行有针对性的培训,切实提升他们的服务能力,也是摆在眼前的迫切问题。再次,于搬迁群众而言,从大山到城镇、从土坯房到高楼、从山民到居民,他们原有的社群关系中断、生活习惯随之改变,从"孩童相戏、守望相助"的熟人社会,转变为"各自奔忙、较少往来"的陌生人社会,在心理、文化、生活等各方面皆需要重新适应社区。易地扶贫搬迁社区面临的这类问题,让很多人忧心忡忡,同时也有一些社会面的担心。

为深入贯彻落实习近平总书记关于扶贫工作的重要论述,有力服务巩固拓

---

① "两委",指社区"两委",即社区共产党员支部委员会和社区居民委员会的简称。

展脱贫攻坚成果同乡村振兴有效衔接，助力国家治理体系和治理能力现代化战略，四川省民政厅坚持问题导向，积极发挥社会工作专业优势，助推易地扶贫搬迁集中安置社区治理，在凉山州的昭觉县沐恩邸社区、布拖县依撒社区、金阳县东山社区、美姑县北辰社区、越西县感恩社区和喜德县彝欣社区6个大型集中安置点，实施"彝路相伴"三年行动计划，采取"厅—州（市）—校—社"合作模式，通过以党建为核心、社区为平台、社工为纽带、社会组织为支撑的社区治理行动，着力构建"党建引领＋综合服务＋综治保障＋科技赋能"的社区治理新框架，推动建设既有活力又有秩序的新型社区。2021年以来，省民政厅又将"彝路相伴"经验推广开来，策划实施了"牵手伴行"行动计划，把包括整个凉山州在内的全省800人以上共33个安置点全部纳入，防止搬迁群众规模性返贫返迁。

2020年12月，四川省民政厅在凉山州昭觉县举行"彝路相伴"行动计划启动仪式

一、党建引领，注入"善治"新理念

注重加强安置社区党的建设，推动基层治理现代化理念深入人心。三年来，四川省民政厅坚持党建引领，配合组织部门，在安置点建好党组织和群众自治

组织，指导凉山州在安置社区居委会下设社会工作委员会（以下简称"社工委"），推动社区干部了解社会工作、研究社会工作、推动社工服务，最终使凉山州安置社区实现社工委 100% 覆盖。

四川省民政厅相关领导带队、组织专班人员，先后 30 余次赴乐山、凉山相关县和社区，进行实地指导，推广治理理念、加强现场指导，评估治理效果、推动工作落实。

为提升党员干部能力，四川省民政厅先后组织召开 10 余次社区治理培训班和工作会议，安排相关市（州）、县的干部以及安置点社区书记代表共计 50 余人到成都学习和提升，进一步交流经验做法、深化治理理念。原越西县民政局党组书记、局长拉依木乃说："'彝路相伴'给我们后发地区的干部带来了思想观念的巨大转变，社区治理、社会工作的理念从无到有。"

二、创新机制，"四方联动"聚合力

坚持"事在人为"的态度，从项目实施开始就注重创新机制，凝聚民政厅、市（州）、高等院校、社工机构的合力，形成多方协同、齐力推进的治理帮扶格局。三年来，充分调动市（州）、高校、安置社区的参与积极性，凉山等相关市（州）积极承担主体责任，组建市县项目推进专班、落实专人负责，具体衔接整合到市（州）到县的资金项目，强化落地实施和环境保障。乐山市撬动"德古"① 力量参与社区治理，推进移风易俗；凉山州链接价值 3 200 余万元的社会资源，支援和帮助易地扶贫搬迁安置社区治理。四川大学、西南财经大学、西南民族大学、西南石油大学、成都信息工程大学、西华大学 6 所高等院校，先后 30 余次赴安置社区实地调研，指导社区做好治理规划；开展线上督导 37 次、帮助 50 余名社区干部、驻站社工提升工作能力和服务水平，加强智力帮扶；利用寒暑期时间，先后分组派出 150 余名大学生志愿者，扎根安置社区开展志愿服务。四川光华、成都爱有戏、成都同行等 9 家专业社工机构，运用专业社工方法解决社会问题、开展社区营造、帮助培育人才、促进社区治理，服务群众 10 万余人次。西南财经大学志愿服务项目"'彝路相伴'——凉山州大型易地扶贫搬迁社区融合项目"从全国 1.4 万余个项目中脱颖而出，荣获第六届全国青年志愿服务项目金奖；西南石油大学基于省民政厅"彝路相伴"项目申报的案例，成功入选教育部全国省属高校乡村振兴典型案例；西南民族大学多次举办中国社会工作教育协会西南地区年会、全国民族社会工作学术研讨会等会议，宣传推

---

① 彝语。汉语意为彝族中德高望重，有一定文化、受人敬仰的人。

介"彝路相伴"，汇聚社工专家、"大咖"，为安置社区治理探新路、找出路。

三、项目带动，整合资源真投入

既真心实意又"真金白银"，尽最大努力整合项目、投入资金、链接资源，做到"尽我所能、倾我所有"。2020—2023 年，整合民政领域各类项目 96 个、投入资金 3 506 万元。其中，2020 年在"彝路相伴"所涉社区实施项目 23 个、投入资金 1 404 万元；2021 年扩面实施"牵手伴行"计划后，整合实施各类项目 54 个、投入资金 1 752 万元。其中，整合城乡社区治理试点项目 9 个、投入资金 750 万元，整合社工服务体系建设试点项目 29 个、投入资金 692 万元，整合"快乐同行"儿童关爱项目 6 个、投入资金 110 万元，整合老人关爱项目 10 个、投入资金 200 万元。2023 年，继续整合各类项目 19 个、投入资金 350 万元。为支持安置社区治理，十分注重向 4 个市（州）倾斜项目、资金，以 2021 年社工服务体系建设试点项目为例，当年支持 4 个市（州）安置社区项目数、资金数分别占总项目数和总资金数的 13% 和 17%，均接近全省五分之一的份额。同时，发出倡议链接社会组织资源，为集中安置社区捐赠生活用品、儿童书籍等物资，价值超过 4 000 万元。金阳县天地坝镇东山社区社工站，自 2021 年 6 月开展服务以来，充分发挥"资源链接"专业优势，成功链接到省内外爱心企业捐赠的温暖包、奶粉等物资，价值超过 400 万元。

厅州校三方签订合作协议

四、建好硬件，优化布局增效益

着力推动社区充分利用安置社区"阵地好、设施新"的优势，结合居民需求补齐硬件"短板"、优化空间布局，用好用活安置社区硬件设施，让"硬件"过硬。几年来，立足"缺什么、补什么"，通过实施城乡社区综合服务设施"补短板"工程等，推动社区对面积不达标、功能不齐全、不能满足群众需求的社区综合服务设施进行改建或扩建。立足把已有的空间用好用活，推动社区整合上级部门下沉到社区的服务事项和各类资源，通过阵地共建、资源共用、优势互补等方式，科学、合理地优化社区空间布局，最大限度发挥硬件资源使用效益，改善社区基础设施条件。遵循"风格亲民化、功能综合化、流程便捷化"理念，指导社区对党群服务中心进行"亲民化"改造提升，推行办公最小化、服务最大化，营造开放式、互动式的服务场景，规范外观标识。

五、服务至上，精准回应暖人心

坚持"寓治理于服务"的理念，着力以优质、专业的社工服务带动社区志愿服务、治理服务，通过服务密切党群关系、拉近干群关系、融洽邻里关系。三年来，凉山州先后推动在新建的49个社工站点中选取29个围绕安置社区布局。最高峰时引入了25家机构、89名社工（持证24人）常驻25个安置社区，实现对800人以上安置点的全覆盖。社工机构的同志使出浑身解数，在安置社区营造了弱有众扶、老有颐养、幼有善育、互帮互助、家园共建的治理场景，有的结合社区已有的"四点半课堂"、老人看护等服务，进一步赋能社工专业方法，让这些服务更精准、专业；有的结合社区需求，创新开展"快乐同行""天府银龄"等社工服务项目，在关爱儿童、为老服务、救助服务、社区治理等方面，为搬迁群众提供专业社工服务；有的围绕社区治理需求，实施"小手牵大手""社区微菜园"等项目，有效激发群众参与社区治理的积极性；有的帮助积极在安置社区组织开展"放飞梦想"音乐课、"七彩益"学堂暑期成长计划等志愿服务，惠及社区群众三万余人次。

六、多元共治，共建社区助融入

为把行动做得更实在、更具有持续性，避免出现"项目结束，服务结束"的问题，时刻注重帮助安置社区培育本土社工、孵化社会组织、成立志愿队伍，共同举办活动，促进社区居民移风易俗，融入社区。三年来，联动市（州）在社区建设社工站点，招聘社区青年到社工站就业，学习社会工作知识。指导社区组织、发动热心公益的社会贤达、专业人士、家庭妇女、青少年等积极分子成立服务居民的志愿服务队和"自组织""微组织"。成功孵化社会组织13家，支持34个特大型安置社区成立31支志愿服务队和近50个"自组织""微组织"，形成"一核多元"的治理结构。结合中华传统节日、重要节假日、少数民族特色节日等，举办了"庆元旦迎新春——我的社区我的家""'彝路相伴'童心相随""庆祝建党百年——彝家儿女感恩党""粽叶飘香、东山邻里"等社区活动30余场，吸引了1.8万余名社区群众踊跃参加，进一步促进了互动交往和情感交流，增强了搬迁群众的归属感和认同感，让社区和谐氛围更加浓厚。越西县城北感恩社区成立妇联、工会、共青团等群团组织，建立了青年之家、妇女儿童之家、书画休闲娱乐服务站，还孵化出"卡沙沙"感恩宣传队、"彝家绣娘"创业服务队等5个社会组织服务于搬迁群众，专治"水土不服"。

金阳县东山社区驻站社工开展社工暖心服务

越西县感恩社区举办"彝家儿女感恩党"活动，促进社区融入

四川大学参与行动纪实

自 2020 年 12 月四川省民政厅、凉山州政府、四川大学签署的"彝路相伴"凉山易地扶贫搬迁集中安置社区治理三年行动计划启动以来,四川大学组建了由四川大学公共管理学院教授、四川大学中国西部反贫困研究中心执行主任王卓负责的项目团队。

三年时间里,项目团队选派了 18 名社会学、社会工作专业的硕士研究生、博士研究生驻点凉山州第四大易地扶贫搬迁集中安置点——金阳县东山社区,坚持将服务实践与教学科研相结合的理念,深入探索符合凉山地区特点的社会工作发展与社区治理模式,切实助力易地扶贫搬迁强基提质,巩固脱贫攻坚成果,实现与乡村振兴的有效衔接。

一、服务与督导同行,共推安置社区发展

（一）基于深度调研制订工作计划

为深化"彝路相伴"三年行动计划工作方案,2020 年 8 月 7 日—8 月 11 日,四川大学项目组在王卓教授的率领下牵手驻地社工机构——成都市爱有戏社区发展中心,组成五人调研组,赴初建的东山社区开展实地调研。调研组就东山社区基层政权建设、社区组织架构、基础设施建设、配套工程、特殊困难群体等问题进行了广泛深入的考察、访谈和交流。基于社区建设与发展所需,开展专题座谈会,听取金阳县委、民政局、组织部、统战部等相关部门领导意见,确立了聚焦"一老一小"双龄群体,坚持服务与督导同行,围绕构建社区治理新格局,探索凉山州社会工作发展模式的总体工作思路,制订了三年工作总体计划。

（二）重点面向"一老一小"双龄群体，示范性开展专业化社会工作服务

三年间，四川大学"彝路相伴"项目组依托东山社区社工站，累计选派 18 名硕士研究生、博士研究生，分别于 2021 年 6—8 月、2022 年 7—8 月、2023 年 6—10 月扎根东山社区指导和示范，开展多形式的专业化社会工作服务，累计面向社区开展主题活动 80 余次。

首先是开展社会工作小组服务。在项目负责人王卓教授的统一指导下，选派社会工作专业研究生赵鑫于 2022 年 7—8 月组织开展组名为"乐意小组"的老年小组活动共 6 次。前期采用问卷调查法、半结构式访谈法和参与式观察法，从生活适应、心理适应、文化适应、人际适应及社区参与适应五个维度分析东山社区老人的总体适应困境。而后在增能理论指导下，从个体增能、人际增能及社区参与增能三个维度设计并开展小组干预。小组干预结束后，经检验分析发现，接受小组干预的搬迁老人自我价值感有所提升。

其次是开展社区营造活动。针对驻地社工站实际工作开展情况，项目组于 2022 年 7—8 月、2023 年 7—8 月分别开展了主题为"阳光下成长，快乐中飞翔"和"彝路童行，快乐彝夏"的东山社区儿童暑期夏令营活动，每期夏令营持续 21 天。基于社会工作专业知识与技能，项目组开展了"彝路书香——知识学习活动""绘声绘影——儿童表演活动""大事小议——儿童议事活动""从我做起——环境保护活动""动手动脑——儿童科学实验""关爱老人——儿童志愿活动"等多项主题活动。派出社工与驻点社工一同通过为社区儿童开展丰富多样的活动，融学于趣、教化于心，在保证儿童参与积极性的同时，将爱国主义教育、移风易俗政策宣传融入活动中，深化了活动意义。项目组专业化的社会工作服务切实提高了社区儿童的创造力与思维能力，助力东山社区构建儿童友好型社区。

除了开展儿童主题夏令营活动外，项目组还在"火把节""彝族年"等传统彝族民俗节日开展大型社区活动。项目组在 2022 年 7 月 29 日、2023 年 8 月 5 日，连续两年会同驻地社工站组织开展火把节文艺汇演，并在 2023 年 11 月 25 日开展彝族年文艺汇演。项目组派出杨天博士，通过近两周的准备，组织社区儿童自主申报、排练节目，并通过表演的形式，培养儿童的自我管理意识，增强他们的自信心与创造力。将彝族传统民俗文化价值置于时代文化语境下，帮助社区青少年树立文化自信。每次文艺汇演节目的编排，不仅有彝族歌舞表演，还融入了各民族文化元素，切实弘扬爱国主义精神。通过开展有价值内涵的民俗文化活动，潜移默化地增强社区青少年对伟大祖国、中华民族、中华文化、中

国共产党、中国特色社会主义的认同。同时，开展大型社区活动不仅丰富了社区居民文化生活，营造了和谐、友爱的社区氛围，还提高了居民参与营造社区公共空间的积极性，从而推动了易地扶贫搬迁社区居民的融入，提升了居民的参与感、归属感。

2022年7月，四川大学项目组成员社会工作研究生范静
组织"绘声绘影——儿童表演活动"

2023年11月，四川大学项目组成员杨天博士在东山社区
组织开展彝族年文艺汇演

（三）通过"线上 + 线下"的督导方式，围绕社区营造、重点人群服务、项目管理、宣传培训等主题，开展常规性、支持性、拓展性团体与个体督导。

自 2021 年 1 月 22 日第一次线上团体督导以来，三年间四川大学"彝路相伴"项目组累计对成都市爱有戏社区发展中心驻点社工、本土社工及社区社会工作人员开展了 34 次专业督导工作。督导工作围绕三个方面展开：一是针对不同对象开展社会工作常识、彝族文化与社会工作结合的培训，以及社会工作（员）师考前培训；二是根据驻点社工深入走访社区的情况，进行重点人群的建档立卡工作，发现和确定需要介入的个案，并由四川大学督导团队跟进，开展个案的深度督导；三是示范性地开展社区活动督导，包括"一老一小"重点群体多形式主题活动。在每一次的督导过程中，督导团队成员结合自身的知识与经验，系统地帮助本土社工进一步解决其在专业服务中所面临的相关问题。通过回应本土社工的困惑，本土社工的工作积极性与服务专业性得到了有效提升，这为本土社工后续开展系列工作打下了坚实基础，同时也为本土社工后续更好地服务东山社区居民提供了有效保障。

在督导工作中，项目组成员黄乐培在王卓教授的指导下，于 2021 年 7—8 月在东山社区开展深度个案的在地督导，以抗逆力理论和社会支持理论为理论支撑，对安置社区抵抗力的困境儿童个案展开社会工作干预，实证了困境儿童抗逆力提升策略。该策略从个体、环境和个体与环境互动三个层面出发，能够培育个体内在抗逆特质，增加外部社会关系保护性因素，引导个体和环境积极互动。项目组成员与驻地社工站一同开展个案服务，使本土社工在做中学、学中做，极大提升了驻地社工机构个案服务的专业性。

2021年7月，项目组成员、社会工作研究生黄乐培
开展个案服务的前期调研

二、科研与服务同步，以理论增能实践

（一）智力支撑，选派专家提供技术服务与指导

根据四川省民政厅要求，四川大学推荐了王卓教授等作为"四川省社会工作政校社联动专家平台"成员。王卓教授负责的专家团队积极参与四川省民政厅《彝路相伴——厅州合作支持凉山易地扶贫搬迁集中安置新型社区治理三年行动计划方案》（2020年9月）、《四川省"十四五"社工人才建设规划（草案）》（2021年8月）等文件的修订。在2021年12月举行的"凉山州易地扶贫搬迁大型集中安置社区治理暨'彝路相伴'三年行动计划工作推进座谈会"，以及2023年1月举行的"易地扶贫搬迁集中安置社区治理'彝路相伴''牵手伴行'行动计划"工作会议上，以王卓教授为代表的四川大学专家团队在介绍对易地扶贫搬迁社区治理指导及项目运行情况的基础上，针对治理现状及项目推进中存在的问题提出工作建议，明晰项目工作进展情况和年度工作方向。

（二）科研提质，基于服务实践开展科学研究，为项目工作推进提供强有力的理论支持

王卓教授负责的专家团队承担了省民政厅委托的"社会工作中国化的理论和实践——以四川省社会工作为例"重大课题研究，以及《关于加快推进社会工作人才队伍建设的实施意见》（代拟稿）起草等工作。基于项目服务实践，他还撰写了《社会工作本土化：理论与实践》（西南财经大学出版社，2021年）、《老年社会工作研究》（西南财经大学出版社，2022年）等专著。

基于服务实践及相关调研资料，王卓教授及项目团队成员在中文核心期刊《农村经济》（2022年第8期）发表了题为《儿童相对贫困的标准建构与多维测度——基于2021年四川凉山州的专题调查》的论文，在《社会保障评论》（2022年第6期）发表了《中国相对贫困的标准建构与测度——基于2021年四川专题调查》等一系列高水平论文，在学术界产生较大影响。此外，在王卓教授的指导下，参与项目实践的三位社会工作专业研究生通过实地工作，运用个案、小组等多种方法，对"易地扶贫搬迁社区社工站提升妇女社会参与""小组工作促进搬迁老人的社会适应"，以及"基于个案工作提升搬迁困境儿童抗逆力"等议题展开了深入研究，完成了《凉山彝族易地安置社区困境儿童抗逆力研究——基于社会关系视角》（黄乐培，四川大学，2021），《小组工作促进搬迁老人的社会适应研究——以凉山彝族自治州易地扶贫安置社区为例》（赵鑫，四川大学，2022），《地区发展模式下社工站提升妇女社会参与研究——以凉山易地扶贫搬迁D社区社工站为例》（范静，四川大学，2022）三篇高水平硕士学位论文。

（三）资源链接，积极争取校内外各单位支持，宣传"彝路相伴"项目的进展和成果

2022 年 5 月，项目组与四川大学外联部（扶贫办）合作，积极参与四川大学、甘洛县人民政府主办的乡村振兴系列活动，专设展台举办凉山彝绣产品展销会。以线下销售、线上宣传的方式，打通彝绣合作社的电商链路节点，切实助力金阳县东山社区农民合作社的发展。

2022 年 5 月 27—28 日，项目组在四川大学举行的乡村振兴
系列活动中举办彝绣产品展销会，助力东山社区彝绣合作社

三年间，项目组广泛参与学术交流活动，积极传播基于"彝路相伴"项目服务实践的研究成果。2021 年 11 月 13 日，王卓教授率队出席由中国社会工作教育协会主办，西南民族大学民族学与社会学学院、西南民族研究院承办的中国社会工作教育协会西南地区 2021 年年会暨助力乡村振兴社会工作研讨会，并在"彝路相伴"论坛上以《相对贫困视角下易地安置社区建设问题研究——以"彝路相伴"项目为例》为题进行交流发言。在 2022 年 11 月举行的第五届全国民族社会工作学术研讨会上，由王卓教授指导，项目组成员、社会工作专业研究生赵鑫撰写的《易地扶贫搬迁老人社会适应的小组工作干预研究》获得征文大赛一等奖。在 2023 年 11 月举行的中国社会工作教育协会实验教学专委会第四届年会上，王卓教授结合"彝路相伴"三年行动计划指导硕士和博士研究生参与社会工作服务和实践的经验，应邀以《社会工作实验教学中的伦理问题》为题做大会主旨发言，引起与会学者广泛讨论。

西南财经大学参与行动纪实

一、服务开展情况

（一）多元力量参与

自与四川省民政厅、凉山州人民政府签订合作协议，深入凉山州美姑县牛牛坝镇开展"彝路相伴""牵手伴行"行动计划以来，西南财经大学团队充分发挥社会工作专业的学科优势，有效调动各方服务力量参与，持续夯实易地扶贫搬迁社区后续发展的基础，助力彝族搬迁群众"搬得出、稳得住、融得入、过得好"。学校党委高度重视此项工作，将其作为学校服务乡村振兴战略的重点依托。学校每年派驻 4 名以上的社会工作专业教师驻点社区，指导各项治理工作的开展，并安排 10 余名硕士生和博士生驻扎在社区，协同社区"两委"开展各项具体的服务工作。

（二）具体服务内容

第一，开展个体层面的增能服务，回应社区居民尤其是其中的弱势群体的多样化需求，为后续各项治理工作奠定基础。第二，开展人际关系层面的增能服务，打造新的人际关系模式，促进易地扶贫搬迁社区居民积极融入社区。第三，开展组织层面的增能服务，以社区居民的组织化为核心要义，助力社区治理共同体的形成。第四，开展社区层面的增能服务，以社区干部的提升、空间与服务内容的优化为主要目标，促进社区从"管制型社区"向"善治型社区"迈进。第五，开展社会文化层面的增能服务，在社区治理中融入当地优秀传统民族文化，有效实现传统与现代的有机融合。通过创新性建构，涵盖个体层面、人际关系层面、组织层面、社区层面、社会文化层面五个维度的增能服务模式，有效回应社区居民的增能需求，深度助力易地扶贫搬迁安置社区的善治。

二、服务工作理念

（一）持续开展动态性的需求调研

西南财经大学团队在服务的过程中发现，易地扶贫搬迁社区治理的各种困境会随时间的变化而变化。相较于易地搬迁的初始阶段，后搬迁时代的凉山州大型易地扶贫搬迁社区治理有不同的治理目标和治理重点，也面临着新的治理难点、痛点、堵点。团队在服务的过程中，需要与时俱进地开展动态性需求调研。团队严格遵循行动研究的逻辑，在推进各项服务的过程中，不间断地进行动态性的社区治理需求调研，并据此修订原有的服务计划，实现"再计划、再行动、再观察、再反思"的循环过程，以此实现需求评估的及时性和有效性。

（二）深入落实文化敏感的服务理念

第一，进入民族文化特质鲜明的凉山州开展社区治理工作，社会工作者需要不断加深对服务对象的认识，要尊重他们的文化传统，理解他们的历史变迁与生活脉络，如此才能基于他们的真实需求开展好各项服务。第二，社会工作者需要放下所谓的专家身份，持续以情感为导向，与搬迁社区的居民、在地的工作人员以真心换真心，获得他们发自内心的信任，进而形成友好互助的合作关系。社会工作者也要努力融入服务对象的生活情景中，要不断地走进他们的现实生活世界里，与他们建立起真正有效的服务关系。第三，社会工作者的服务内容要有效融入当地的优秀传统文化，并多采用当地居民喜闻乐见的服务理念和形式，如此才能充分调动服务对象的参与积极性，更好地发挥服务对象的优势。

2021年7月29日，"彝路相伴"凉山州美姑县大型易地扶贫搬迁社区治理项目

三、服务成效

（一）从具体的服务对象层面而言

西南财经大学团队用心、用情、用专业开展各项社区治理服务，使社区的各类人群在一项项的服务内容里、一次次的服务行动中，从不同的层面获得了一定的服务，感受到来自社会各界的温暖与关怀，各自的需求得到一定程度的满足，在易地扶贫搬迁社区的幸福感明显提升。广大社区居民被重新组织起来并凝聚在一起，逐步建立了新的社区运转有机体。他们的主人翁意识持续增强，对社区的认同感和归属感进一步提升，正在从心理、文化、生活等层面积极融入社区新生活。项目的实施，培养了社区青年热爱自己的社区、心怀感恩、服务社区的意识，实现了从受助者到助人者的转变，为社区留下了带不走的服务队伍，也让自己成为社区内一道道靓丽的风景线。随着各项服务行动的深入实施，社区干部们学习了社会工作知识、掌握了社会工作方法，并能有效运用到各项社区工作中，不断创新服务居民的载体、内容，提升了服务的针对性、有效性，社区干部的理念已逐步由"管制"向"善治"转变，成为社区治理的中坚力量。

社区孩子们参加完活动的合影照

18

组织高校学生开展"玩彝夏"暑期志愿服务活动

（二）从整体的社区治理层面而言

完善易地扶贫搬迁社区治理，是巩固拓展脱贫攻坚成果同乡村振兴有效衔接的有力支撑，是促进国家治理体系和治理能力现代化建设的客观要求，是完成"十四五"时期经济社会发展主要目标的基础保障。本项目是在相对欠发达的少数民族地区开展的一项创新治理实践。西南财经大学团队从居民个体、人际关系、组织、社区、社会文化五个层面开展系统性整合服务，回应了社区居民尤其是其中的弱势群体的多样化需求；打造了新的人际关系模式，促进易地扶贫搬迁社区居民有效的社区融合；以社区居民的组织化为重要基础，助力社区治理共同体的形成；以社区干部为关键载体，促进社区从"管制型"向"善治型"迈进；在服务中融入当地优秀传统民族文化，实现了传统文化与现代治理的有机融合，成效显著。项目的实施全方位提升了易地扶贫搬迁安置社区的治理水平，助力搬迁群众"搬得出""稳得住""融得入""过得好"。

（三）从参与项目的师生层面而言

西南财经大学社会工作专业的同学们虽然在服务的过程中遇到了很多困难和挫折，但同时收获了更多的成长与进步、温暖与感动。大家在一次次的服务中，了解国情、认识世界，培养了吃苦耐劳的品质，不断培养勇于担当、知行合一、团结协作、尊重差异的意识和能力，不断塑造大气为人、大智谋事、大爱行天下的青年品格。大家也体会到不仅要仰望星空，更要脚踏实地，在祖国大地上倾注爱国情怀与青春梦想。而对于参与服务的社会工作专业的教师来说，行动计划的实施增进了他们对中国特色、中国制度、中国文化的深入理解，让他们更加全面地认识了中国的国情、政情、民情，也更坚定了扎根中国大地做有现实意义的学术研究的信心。可以说，"彝路相伴" "牵手伴行" 行动计划积极助力教师们把自己的专业知识与学术研究、教书育人、服务社会、报效国家有效融合在一起。

四、多元成果

（一）服务获奖

由于服务成效和发挥的示范效应显著，西南财经大学实施的"彝路相伴"项目获得了第六届中国青年志愿服务项目大赛全国金奖（共青团中央、中央文明办、文化和旅游部、国家卫生健康委员会、中国残疾人联合会颁发）、教育部直属高校服务乡村振兴创新试验典型项目（教育部颁发）、第十四届中国青年志愿者优秀项目（共青团中央、中国青年志愿者协会颁发）、四川省首届高校志愿服务项目大赛金奖、四川省第九届青年志愿服务优秀项目等荣誉。

（二）研究成果

依托于行动计划，西南财经大学社会工作专业的老师们先后获批国家社会科学基金项目"易地扶贫搬迁社区治理共同体构建的现实困境与实现路径研究"、教育部人文社会科学项目"彝族易地扶贫搬迁社区治理共同构建的社区心理机制研究"等研究项目近10项，持续为国家易地扶贫搬迁社区治理的顶层设计提供决策支持、为地方政府易地实施扶贫搬迁社区治理提供理论指导、并为易地搬迁社区治理中的多元主体提供实务完善方案。除此之外，西南财经大学亦有近10名研究生撰写了相关主题的硕士毕业论文，顺利完成了自己的学业。

成都理工大学参与行动纪实

一、工作理念

为积极响应党中央和四川省委巩固拓展脱贫攻坚成果同乡村振兴有效衔接部署要求，深入贯彻落实《民政部办公厅关于组织实施2022年革命老区、民族地区、边疆地区社会工作专业人才支持计划的通知》（民办函〔2022〕30号）等文件精神，深化成都理工大学与四川省民政厅的合作，成都理工大学选派社会工作专业服务团队赴凉山州甘洛县开展社会工作服务。团队秉承"助人自助"理念，着力在智力支持、资源链接、社会倡导等方面发挥作用，推动甘洛在地社会工作内生化、可持续发展。

二、服务开展情况

（一）望闻问切，精细调研

2022年8月，成都理工大学联合成都市社会组织联合会组成服务团队来到凉山州甘洛县，与甘洛县民政局、普昌镇、眉山村分别召开座谈会，全面了解全县社会工作服务体系的基本情况，协助甘洛县城北社区、城南社区、城西社区、城东社区、河东社区五个社区的工作者使用SWOT工作法，助力其了解社区的优势、劣势、机遇、挑战。在普昌镇眉山村，服务团队采用社区营造方法，对人、文、地、产、景等开展调研，围绕村上留守儿童教育、核桃滞销和留守妇女刺绣成品的产业发展等问题进行热烈讨论，为后期服务奠定了基础。

（二）资源链接，转变理念

服务团队向甘洛县赠送了2022年《中国社区报》、5套《社区治理现代化的四川创新实践——四川省首批城乡社区治理试点项目案例汇编》，同时寄送了《新街坊》内刊，助力甘洛县社区工作者树立新理念，提升社区治理现代化水平。

成都理工大学专家团队与甘洛县相关人员座谈会现场

（三）持续赋能，陪伴成长

2022年8月，服务团队就社区治理重要性、社区治理要素、社区治理相关方法进行了主题授课。2023年10月，服务团队围绕城市社区社会组织培育主题，对全县的社区工作者进行了主题培训。

开展社区社会组织培育主题培训

（四）链接资源，关爱儿童

2022 年 8 月，服务团队来到甘洛县普昌镇眉山村小学，联动普昌镇社工站社工，为全校小学生开展了系列关爱儿童活动。在前期与普昌镇社工站精细对接的基础上，服务团队为眉山村小学捐建了社区儿童健康运动角，捐赠了包括篮球、足球、羽毛球等 10 种运动器材在内的健康器材。与此同时，全面收集了眉山村小学生的 71 个"微心愿"，针对 3 名小学生想要当老师、医生、警察的心愿，成都市社会组织联合会、成都市金牛区社会工作协会链接了全国优秀教师、成都理工大学吴仁明教授，松潘县人民医院院长、四川省第四批老中医学术继承人袁杰，以及一名基层优秀警察给 3 位小朋友写了一封信，鼓励他们不断学习提高自己。

赠送《社区治理现代化的四川创新实践——四川省
首批城乡社区治理试点项目案例汇编》

服务团队与眉山村幼教点小朋友进行互动

2023 年 11 月 4 日,结合凉山州开展的"美丽乡村"、防止"漏测失帮"、动态清零"零就业家庭"三大行动,成都理工大学社会工作专业服务团队前往普昌镇眉山村幼教点开展"美丽乡村建设 环境清洁共行",为眉山村幼儿园儿童讲解垃圾分类知识。服务团队将儿童分为四组,各自分发了四分法玩具垃圾桶,然后将印有生活常用垃圾图案的卡片发放给各小组。服务团成员通过与儿童们玩游戏、开展互动问答等方式来普及垃圾分类知识,帮助其养成爱护环境的习惯,并在后期开展常态化的环保活动。

(五)城际互动,助力发展

2023 年 2 月 25 日,服务团队与甘洛县开展了座谈会,联动山东省东营市经开区胜利街道,邀请街道副主任崔伊静、街道便民服务中心主任刘丽君以及街道胜宏社区陈琳、刘向敏来到甘洛县普昌镇眉山村进行考察,全面了解村上产业发展情况,开展城际合作。2023 年 11 月,服务团队联动绵竹市民政局,积极与甘洛县民政局对接,支持培育眉山村一老、一小、妇女三个社区社会组织。

(六)全域走访,调研报告

普昌镇眉山村是全县最大的集中安置点,总共有 188 户人家。为向村民全面了解实施乡村振兴过程中有关文化振兴的内容,成都理工大学服务团队在前期设计了相关问卷。为解决语言沟通不畅的问题,在村"两委"支持下,团队通过前期活动,招募了一批村上学生志愿者,担任调查问卷的"敲门员""翻译员"。服务团队共调查有效问卷 114 份,并已形成调查报告,对乡村振兴实施过程中的相关问题进行深入探讨和研究。

(七)跟踪指导,转变理念

服务团队于 2023 年 7 月前往凉山州甘洛县开展了"三区"计划系列主题活动,为推动项目可持续开展,撬动居民参与,服务团队在普昌镇、新市坝镇、田坝镇等点位开展调研,并就培育镇级社会组织、村社区社会组织、包装微项目、链接微基金等方面达成了共识。

三、取得的工作成效

(一)树立新理念,积极争创一流

经过一年的陪伴,甘洛县民政局、普昌镇、眉山村等的社会工作理念有了较大提升,内生动力得到激发。2023 年 11 月,甘洛县在专家团队指导下,积极主动申报了四川省 2024 年城乡社区治理"特色创优"工程项目,从以往"要我干"

变成"我要干"。同时其对项目化思路有了深入了解，普昌镇正积极培育镇级社会组织、村社区社会组织，并结合在地需求包装微项目、链接微基金等发动村民共建幸福家园。

（二）营造新氛围，倍增社工队伍

服务团队与甘洛县民政局积极配合，邀请社会工作专家通过线上平台，为全县社会工作者提供考前辅导培训。2022年全县报考社会工作者考试的人数达52人，通过人数为3人。2023年6月，全县报考社会工作者考试人数达134人，通过人数为28人，报名人数、通过人数达历年来最高。

（三）提供新服务，提升治理效能

服务团队为当地社会工作者持续赋能，以问题导向为端口，精准问需、精准施策、精细赋能。在此过程中加强了社区工作者的专业化能力，为更好地提供居民服务、开展居民工作、解答居民诉求、化解居民难题等提供了专业技能支持。在核桃产业、彝族刺绣服饰产业、金荞麦产业，以及当地文旅资源开发、特色文化场景打造等方面，广泛链接资源，搭建产业发展平台，帮助当地形成完整的产业发展链条和产业组织，助力特色产业发展腾飞。

（四）塑造新形象，助力乡村振兴

团队在开展好服务的同时，还通过"学习强国"平台、《中国社区报》、《公益时报》、成都理工大学官网等进行推送，大大提升了甘洛县"三区"计划的社会关注度。

西南石油大学参与行动纪实

习近平总书记指出："脱贫摘帽不是终点，而是新生活、新奋斗的起点。"进一步巩固拓展脱贫攻坚成果，接续推动脱贫地区发展和乡村全面振兴，促进脱贫攻坚与乡村振兴有效衔接，让包括脱贫群众在内的广大人民过上更加美好的生活是国家当前的战略性工作。2021 年 4 月 29 日，《中华人民共和国乡村振兴促进法》出台，明确提出要"搭建社会工作和乡村建设志愿服务平台，支持和引导各类人才通过多种方式服务乡村振兴"。社会工作的专业介入，有助于激发社区内生活力、推动文化传承创新、增进乡村居民福祉，助力乡村全面振兴。

为深入贯彻党的十九大、二十大精神，以及习近平总书记来川视察重要指示精神，根据四川省民政厅《"彝路相伴"天府社工智援凉山三年行动计划（2020—2023）》，西南石油大学选派社会工作专业师生，遵循"助人自助"的专业理念，从 2020 年开始利用假期扎根凉山州越西县城北感恩社区开展服务，并辐射至越西全县，对如何巩固拓展脱贫攻坚成果同乡村振兴有效衔接进行了有益的探索，其服务案例也荣获了 2022 年教育部第五届省属高校精准帮扶典型项目的表彰。

一、项目背景

越西县越城镇城北感恩社区是全县最大的易地扶贫搬迁集中安置点，该安置点于 2019 年 11 月建成并搬迁入住，社区居民来自全县 17 个乡镇 38 个村，共计 1 400 余户 6 600 余人。随着脱贫攻坚任务的全面完成，社区"一步跨千年"，居民收入水平显著提高，居住环境显著改善，发展信心明显提升。"促进脱贫攻坚与乡村振兴有效衔接"总体要求的提出，对安置社区的发展提出了更高的要求。西南石油大学社会工作服务队通过深入调查发现，当地政府、协同单位、社会力量都持续投入较多资源助力民生保障和生计发展，居民生活发展的"硬环境"得到了有效的改善，但是"软环境"还需要持续的关注和提升，尤其是如何激发社区内生动力，带动居民广泛参与，形成积极有效的社区治理模式，是当前乃至今后一个时期都值得关注的议题。总体来看，社区治理方面存在"四多四少"的现状：一是老人儿童多，青壮年少；二是社区外部支持资源多，社区内部居民骨干少；三是居民"被动参加"多，"主动参与"少；四是碎片化的文体活动多，系统化的治理机制平台少。

二、主要做法

（一）需求为本，深入调研，选好"绣花布"

服务伊始，西南石油大学社会工作服务队在感恩社区开展了深入的需求调研，通过问卷调查、走访观察、深度访谈和集体座谈等方法，对居民、社区干部、驻地单位和相关部门进行了系统的调查，形成《越西县越城镇城北感恩社区社区治理发展调研报告》并提交四川省民政厅和学校统战部。在调研的基础上，服务队进行研判论证，确定主要瞄准"乡风文明、治理有效"两个方面，以"紧扣社区需求，回应居民需要；推动居民参与，激发内生动力；挖掘社区资本，培育本土力量"为基本理念，运用社区社会工作中"地区发展模式"的基本方法，持续构建社区治理机制、搭建社区治理平台、优化社区治理路径、培育社区治理人才。

（二）专业支撑，扎根社区，当好"绣花针"

一是选派社会工作专业师生持续服务。自2020年以来，西南石油大学累计派出社会工作专业教师15人次，社会工作专业硕士近20人次，他们利用周末、暑期等时间，通过线上、线下多种方式为社区干部和居民提供督导、培训以及专业服务。其中，师生每年暑假均扎根社区服务超过两个月。二是系统开展儿童成长专业服务。针对社区留守儿童多的情况，开展"七彩'益'学堂儿童暑期成长计划"。开设作业辅导、美文朗诵、英语拓展、爱国教育、绘画手工、音乐舞蹈、安全环保教育等10余门课程，每年服务儿童近300人次；同时，还通过组建"儿童抗逆力成长小组"等专业小组开展相关活动，助力儿童正向成长。

三是联动其他专业资源共同助力。进一步联动中国社会工作教育协会辐射越西全县开展社会工作职业资格考前培训，联合四川光华社会工作服务中心、成都四叶草社会工作服务中心、理县湘川情社会工作服务中心等省内知名社工机构开展"一老一小"专业社会工作服务。

（三）挖掘骨干，激发动力，穿好"绣花线"

社会工作服务队在当地服务期间，特别注重挖掘本土骨干、培育本土力量，激发社区内生动力，穿好社区发展治理"绣花线"。服务队通过集中培训、现场演练等方式培育了一支"越西县彝心彝意志愿服务队"，其骨干人数已达 20 余人。志愿服务队进一步带动居民参与，实现从"被动参加"到"主动参与"的转变，联合社区开展"彝路相伴、友你有我"儿童人际交往小组服务和"述故事、扬正气、促融合——故事里的感恩社区"系列服务活动，通过"做中学"和"学中做"，社区骨干的治理意识和服务能力都得到了极大的增强。

（四）持续赋能，陪伴成长，培育"绣花匠"

针对社区干部和地方部门干部，西南石油大学社会工作服务队通过各类专业培训和督导，陪伴其成长，从而培育当地社区治理和乡村振兴的"绣花匠"。一是开展系列专业培训。围绕社会工作职业资格考试、社区治理和发展相关政策、社区营造相关理念，辐射越西全县，开展培训超过 100 学时，总人次超过 1 000 人次。二是积极支持当地申报项目。支持社区联合社会组织申报四川省民政厅和四川省慈善总会相关项目。三是持续提供专业督导服务。围绕社区空间打造、社区文化挖掘、社区产业升级，提供专业督导意见。

三、主要成效

（一）社区治理框架体系在形成

在三年多的持续陪伴下，"以党建为核心、社区为平台、社工为纽带、社会组织为支持、社区志愿者为骨干、社会慈善资源为辅助"的社区治理框架体系正在完善，"五社联动"的理念深入人心。2021 年 6 月 28 日，"彝路相伴""牵手伴行"系列活动之一——"彝家儿女感恩党"庆祝中国共产党建党 100 周年活动在越西县开展，西南石油大学法学院副院长谭祖雪代表几所高校发言，分享了高校"智力"参与易地扶贫搬迁集中安置社区建设的主要做法和成效，凸显了社会工作的专业支撑。城北感恩社区已经建立起党建引领"五社联动"联席会议机制，社区工作人员、专业社会组织、社区社会组织、社会工作者等定期就社区服务与社区发展中的问题进行讨论，谋划社区发展治理方向，提出社区服务项目，解决实际问题 36 项，达到了资源整合和整体联动的目的。感恩社区也被评为 2022 年四川省基层治理示范社区。

（二）社区本土治理力量在成长

在各方共同努力下，越西县彝心彝意志愿服务队于 2021 年 2 月 25 日正式登记注册，同年 3 月 23 日，越西县第一家社会工作服务机构"嵩舟社会工作服务中心"成立了。两个社会组织已经全面参与到社区服务的提供中，并协助社区开展了多项社区服务项目和志愿服务活动，嵩舟社会工作服务中心承接 2022 年越西县居家养老服务项目，获得项目资金 18 万元。近两年，在项目各方的推动下，越西县参加社会工作者职业资格考试的人数明显增加，近 30 人通过考试。

（三）居民获得感、幸福感在提升

通过参与式的社区活动，居民生活质量得到了提升，精神文化生活得到了丰富，参与社区公共事务的热情被进一步激发，社区治理的内生动力不断增强。在丰富的文化娱乐活动中，彝族优秀文化得以保护和传承；在共同的社区行动中，移风易俗得以倡导；在"乡贤村达"的嘉言懿行中，乡风文明得到了提升。在感恩社区，社区已经学会用自组织方法推进社区服务工作，先后成立"达体舞""口弦""篮球"等 6 支文体队伍，经常性开展社区文娱活动，满足居民文化娱乐需求，促进搬迁群众的社区融入。社区已经具备发动社区志愿力量开展社区服务活动的意识，借助社区志愿者队伍成功举办了文化惠民暨"四好创建"活动、社区周年庆活动、彝历新年庆祝活动、篮球比赛、趣味游园会等并提供了环境卫生整治、科学家教宣传和移风易俗引导等服务。社区已经掌握参与式治理的基本理念，正在实施和优化"互益行"社区积分机制，鼓励居民互助，动员居民参与社区治理，关心社区公共事务。

四、主要经验

社会工作是一项助人实践，"彝路相伴"工作实质是农村社会工作、社区社会工作和民族社会工作的有机融合。

一是要扎根社区融入当地。社会工作是一项"生命影响生命"的工作，在开展民族地区、农村社区社会工作的实践中，需要社会工作者长期扎根社区，和居民建立良好的专业信任关系，开展积极的、专业的互动。社会工作师生与居民同吃同住同生活，建立了良好的专业关系，从而可以深切理解居民的各种发展需求。

　　二是要积极搭建参与平台。西南石油大学社会工作服务基地的建立，为专业社工提供了平台支撑，多名社会工作专业教师开展实时督导，与在地社工共同讨论服务方案，积极协调各种资源，有力地促进了服务成效的达成。专业服务平台的存在，也获得了社区"两委"的行政支持和专业认可。

　　三是要为本系统规划需求。社会工作服务队所有的服务都建立于对系统的需求评估和政策分析，并在此基础上制订了专业服务计划，紧紧围绕乡村振兴的总要求，主要瞄准"乡风文明、治理有效"两个方面，为社工的服务指明了方向。

　　四是要尊重居民，保持文化敏感性。要因地制宜、因人制宜地提供专业服务，服务过程中既要突破创新，也要注重对民族传统文化的保护和传承。通过开展具有地方特色的服务活动，既提高了服务对象的参与热情，也传递了文化保护的相关理念，从而引导居民逐步走向文化自觉，获得了居民的广泛欢迎。

　　五是要秉持优势视角的理念持续增能。社会工作服务队始终坚持"助人自助"的社会工作核心价值，通过小组、社区等多种专业方法给居民赋能，从而提升其社区参与度、社区归属感和社区凝聚力。只有"人力资本"和"社区资本"得到增强，社区才能可持续发展。

　　我们相信，通过进一步整合资源、深入赋能，随着"共建、共治、共享"的治理格局不断形成和完善，社会工作还可以更好地动员、组织居民，调动其积极性，在"产业兴旺、生态宜居、生活富裕"等方面发挥重要作用。

西南民族大学参与行动纪实

西南民族大学参与了"彝路相伴"行动计划，承担布拖县依撒社区建设点任务。项目组全体队员怀揣着对彝区人民的真挚感情，秉持着对社会工作专业的尊重，针对依撒社区的实际工作困难和迫切需求，重点开展本土社工培养与儿童服务示范工作，以此推动移民安置社区治理创新发展。

西南民族大学项目组联合成都市武侯区有你社区发展中心、成都市同行社会工作服务中心、成都光华社会工作服务中心等社工专业机构，在依撒社区开展工作，发挥了高校社会工作专业团队应有的专业作用。除了成果研究、经验总结外，西南民族大学在本土社工人才培训培育与重点人群服务督导示范等方面，发挥了专业团队示范引领、督导支持的积极作用。2020—2023年期间，在四川省民政厅，凉山州民政局以及布拖县当地领导的指导和大力支持下，西南民族大学项目组从儿童、妇女、老人、社区居民、本土社区组织入手，有计划地开展培训、督导、一线服务示范等活动，具体包括本土社工人员技能培训、社区活动、困境儿童服务、兴趣课堂、卫生礼仪课堂、老人关怀以及家庭教育等一系列服务。

一、本土社工人员、社区骨干培训

应依撒社区需求，西南民族大学项目组队员严樨、唐美静、罗艳、杨成洲等社会工作专业教师，联合其他专业力量，对当地民政单位成员、社区从事社区治理相关的工作人员、社会组织人员和突出的居民骨干分子，开展了四次集中技能提升的培训。通过理论讲解以及工作坊实训，为受训人员进行系统化的社会工作知识、技能和方法培训，从而搭建起社会工作全方面、多层次的治理知识和治理能力，增强社区内生动力和社区可持续发展能力。项目组提供了多次培训，总服务人次超过 100 人次。培训结束后，超过 50% 的受培训人员还参加了当年 8 月在依撒社区举行的社区工作者考试。

布拖县本土社工人才培能计划开班仪式

二、彝家老人关怀，老年社会工作服务示范

项目组意在改变老年人生存的客观环境，以帮助老年人重建自信心。除了让老人了解社会上存在的一些对老年人的偏见及错误观念，改善老年人的客观环境，更重要的是鼓励老人自我计划、自我决定，增强老人自我解决问题的能力。项目组在帮助老年人增能的过程中，不仅要切实地帮助老人解决实际问题，同时也需要协助老人增强信心和提升能力。为了达到这个目的，项目组还将儿童加入到关爱老人的活动中，让他们通过帮助老人打扫房屋、与老人建立良好关系来表达对老人的关怀，记录老人经历或者熟知的故事，一起了解当年的故事，这不仅有利于文化传承，还营造了互助友爱的社区氛围。

布拖县依撒社区老人服务

三、困境儿童助力，儿童社会工作服务示范

2021年，项目组经过前期与社区儿童的交流与观察发现，社区中的儿童大多数没有接受过性教育，也没有正确的自我保护意识。一些儿童的性别意识模糊，且习得的性教育知识过于浅显简单，课外也没有其他正确的学习方法和途径。在方案设计上，项目组招募固定成员15名，通过5期小组活动，帮助小组成员了解健康的性知识，科学地看待性，同时提高自我保护的意识和技能，尊重别人，保护自己。

同时，项目组还同当地社工机构人员一起，以小组示范开展"卫生礼仪"改变活动。项目组队员在前期走访观察时发现，社区儿童的卫生意识需要加强。在与儿童交流中发现，很多儿童不知道刷牙、洗手等的正确方法，于是在方案设计上，项目组预计通过餐桌礼仪、学会夸奖、口腔卫生课堂、礼貌课堂四节卫生礼仪课程，引导儿童学会基本的礼貌用语以及刷牙方法，拥有健康的生活方式和礼貌的待人接物的习惯。四节课程共服务儿童达149人次，平均每节课程服务37人次，85%的儿童掌握了相关的知识。

布拖县依撒社区儿童小组活动

四、示范开展兴趣课堂

除了专业的小组活动外，项目组组织大学生志愿者队伍，利用课程实践机会和暑期假期，安排他们驻扎在依撒社区，轮流为居民开展设兴趣课堂。比如，开设扎染、配音等课程，激发社区居民的学习兴趣。通过此类活动，社区居民增加了对知识的好奇心以及探索能力。服务队还将活动由特定的群体扩散到社区居民，比如开展建党 100 周年游园会和保护环境主题的大型活动，每一场活动服务人次超过 150 名。特别是游园会，服务范围覆盖整个依撒社区，得到参与者一致好评。最重要的是，这些活动让社区居民更深入地了解了依撒社区的社工站，以及其提供的社会工作服务内容。

五、示范开展个别化家庭教育

项目组带领本地社会组织人员观摩学习社会工作流程、技巧等。一起走访、观察、评估后发现，在日常的生活接触中，无论是面对孩子，还是面向家长，案主们的沟通技巧掌握得还是不够熟练，在日常生活的交流沟通中也很少去运用。为此，项目组成员从提升沟通频率的需求、认识正确的沟通模式、提高沟通技巧性（观察、理解、表达、倾听）三个方面设计了活动方案。这一方案旨在提高、发掘服务对象的家庭在亲子沟通方面的能力，并为亲子双方搭建沟通平台。主要表现为促使现有的亲子间单向沟通模式向亲子间双向沟通模式转变，从而达到增强父母和孩子之间的良性沟通、改善亲子沟通状态的目的。项目组通过示范、演示，直接有效地提升了本地社工机构工作人员的专业服务基础能力。

大学生暑期志愿服务队在布拖县依撒社区

六、远程团体辅导，架通专业督导支持桥梁

西南民族大学社会工作系与成都市同行社会工作服务中心等机构携手，为来自布拖县、喜德县的12位社会工作者开展了团体辅导。督导会以线下与线上相结合的方式进行。依托布拖县依撒社区项目点资源，项目组委托西南民族大学社会工作专业教师范召全、严樨、杨成洲、罗艳、唐美静等开展远程主题培训、团队建设工作坊，针对本土社会工作者们面对的问题，予以互动讨论、解答。同时，西南民族大学项目专家组先后多次联合成都市同行社会工作服务中心、成都市武侯区有你社区发展中心的社工同仁，通过远程连线的方式共同督导，重点针对如何开展需求评估、链接资源、进行结项准备，面对怎样应对特定情境的案主、

怎样客观地定义一位社会工作者的价值等本土社会工作人员面临的现实关照难题,逐一进行回应与分享。通过多次视频督导会议,项目组与布拖社会工作者们的连线交流跨越了地理的阻隔,实现了有情、有感、有效的督导。

此外,"彝路相伴"行动计划需要学术研讨。西南民族大学项目组负责人范召全教授从"彝路相伴"行动计划启动伊始,就在谋划专题学术研讨会。在四川省民政厅领导和中国社会工作教育协会的大力支持下,从项目启动的第二年开始,连续成功举办两届"彝路相伴"学术研讨会。两届"彝路相伴"学术研讨会特色鲜明,问题聚焦,成果丰硕,既是对"彝路相伴"行动计划的实践反思与经验总结,也是一种阶段性的理论提炼。"彝路相伴"行动计划,既是实践行动,也是理论探索。在实践行动方面,科学有效地把党的关怀送到移民家中;在理论探索方面,总结出大型易地扶贫搬迁集中安置社区的创新治理方式,从而增进各民族交往交流交融,达到共同富裕。

西华大学参与行动纪实

2021年以来，在四川省民政厅针对凉山州易地扶贫搬迁集中安置社区实施的"彝路相伴""牵手伴行"行动计划中，西华大学作为与四川省民政厅签约的7所高校之一，主要负责对口支援喜德县光明镇彝欣社区。西华大学高度重视，在四川省民政厅指导下，组建工作专班与工作小组，与彝欣社区"两委"、四川光华社会工作服务中心、凉山州生辉社会工作服务中心、喜德县欣恩社会工作服务中心多方开展政校社联动合作。西华大学工作组在2021—2023年相继开展了走访调研、服务督导、小组活动、社区营建、治理评估、政策建议等工作，为喜德县彝欣社区发展治理献计献策，有力推进了"智援凉山"三年行动计划。

一、工作理念

西华大学工作组深入贯彻落实"搬得出是前提，稳得住是关键，过得好是目的"的指示精神，充分发挥西华大学作为综合性大学在智力支持、人才培养上的优势，联动厅、州、社，构建并完善高校社会工作专业人才实践教学体系，在凉山州大型易地搬迁安置点社区治理、居民文化认同、"一老一小"、留守妇女、特殊困难群体等重点领域开展专业服务，努力提升搬迁安置社区居民的幸福感，助力凉山易地扶贫搬迁集中安置新型社区的建设发展。

二、服务开展情况

（一）走进社区

2021年，西华大学工作组6次前往喜德县彝欣社区，通过专业方式拉近与社区居民的距离，掌握社区基本情况，了解居民主要诉求，建立后续服务的社会资本。工作组围绕产业发展、居民就业、居民社会融入、彝绣产业发展、社区自治、留守妇女致富能力等议题，对社区干部及居民进行深入调研，明确后续服务的目标导向。通过居民能够接受的方式展现移风易俗、文明新风的重要意义，让居民了解婚丧事宜大操大办、天价彩礼等习俗的危害，营造有利于后续服务的文化环境。

工作组走进彝欣社区

（二）服务社区

（1）孵化社区社会组织，探索彝欣社区治理路径

工作组联合专业社会工作机构力量，在喜德县易地搬迁安置社区开展了"三区计划"喜德县彝路社工成长站社工人才培育项目，以及凉山喜德易地扶贫搬迁集中安置点社区"心巢"困境儿童关爱社会工作服务项目，开展小组活动10余次。项目组认真分析了当前社区和居民的需求，协同彝欣社区制定形成了《"彝路相伴"三年行动计划子项目建议表》《关于彝欣社区治理制度建设的评估建议》等工作方案，拟订了下一步"智援"服务计划。

（2）促进老年人融入社会，提升妇女致富能力，助力乡村振兴

从社会工作专业角度出发，围绕"老年人社会融入""妇女致富能力""社会工作助力乡村振兴"等主题开展服务，提高居民自我发展能力，改善社会环境，加快农村综合发展。其中，开展的"直播绣娘绣工坊，一针一线展传承"主题

彝绣产业直播带货活动，吸引了千余人次观看，并被央视"三农"频道报道，增强了当地居民的能力和自信心。

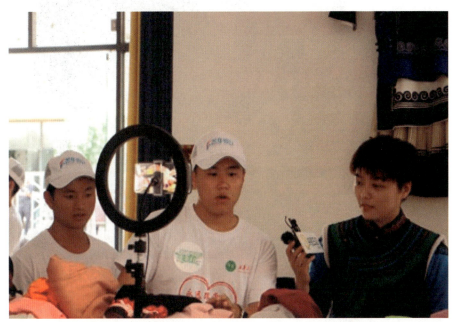

开展"直播绣娘绣工坊，一针一线展传承"主题彝绣直播带货活动

（3）"彝路相伴，与你'童'行"阿依成长体验营温暖童心

2022年暑假，西华大学社会工作专业的师生以儿童陪伴教育为主题开展了"彝路相伴，与你'童'行"阿依成长体验营活动。成长体验营共分为四个主题日和八次小组活动，有开营日、趣味体育日、艺术文化日和梦想日四个主题，层层递进，服务社区儿童，引导孩子们熟悉彼此、探险打卡、合作拼搏、发挥创造力进行艺术创作、培养良好的生活习惯、了解民族文化、传承非遗技艺，以及开展手工义卖感恩父母、举行梦想演说展望未来活动。活动开展期间，恰逢四川省民政厅一级巡视员杨伯明一行在彝欣社区调研。杨伯明与参加体验营的儿童进行了亲切交流，社区孩子们争相将制作的手工艺品送给"杨爷爷"。杨伯明肯定了西华大学社会工作团队对社区儿童的陪伴教育服务，希望西华大学社工专业师生长期扎根社区，进行民族地区社会工作理论和实务的创新。该陪伴教育活动对儿童生活习惯的培养、人际交往能力的提升、理想信念的坚定以及增强中华民族共同体意识的文化认同起到了较大作用，获得中国网全文报道。

社区孩子写给自己的一封信

"彝路相伴，与你'童'行"阿依成长体验营活动

三、主要成效

（一）形成相关调研报告

工作组形成《2021年喜德县彝欣社区发展及服务需求调研报告》《2022年喜德县彝欣社区居民参与社区治理和社会工作服务情况的调研报告》《社会工作介入少数民族易地搬迁安置社区儿童陪伴教育路径探索——以四川省喜德县××社区为例》调研报告3份，编撰《易地搬迁的两年——人物访谈案例》1份、访谈调研案例集3份，完成专业服务总结感悟20余份。

（二）开展相关专业服务

工作组开展专业服务，共计服务社区妇女、儿童、老人、特殊困难群众等300余人次，累计服务时间长达1 000余小时。工作组通过邀请专家指导，讨论社区治理方法和挖掘社区资源，培养5名本土社工，孵化1家社区社会组织，组建了社区志愿者团队，成立了社区居民达体舞队和民族乐队。工作组开展社区基层治理培训，培训主题是"社会工作参与凉山彝区易地扶贫搬迁社区治理路径探索——以彝欣社区为例"，为凉山州喜德县"彝路相伴"三年行动计划彝欣社区工作手册的制订提供专业建议。

（三）社会影响

各级媒体报道30余篇：

①中国网等央级媒体报道2次；

②喜德县县级媒体报道2次；

③中青校园报道10余次；

④校级报道10余次；

⑤院级报道10余次；

在多方共同努力下，2022年11月24日，彝欣社区被评为四川省"2021年全省基层治理示范社区（便民服务型）"。

四、取得的成果和获得的表彰

（一）工作组专家取得的研究成果

熊征：四川省社会科学"十四五"规划2021年度项目"四川'三州'民族地区社会治安'网格化'治理机制创新研究"。

熊征：四川省2023年度教育科研项目"基于'整合理论'的民族社会工作专业人才培养模式重构与探索实践"。

熊征：2023 年四川省哲学社会科学重点研究基地资助项目"社会工作介入社区民事纠纷解决的模式创新研究"。

王杰：四川省社会科学"十四五"规划 2021 年度项目"共建共治共享格局下四川民族地区易地扶贫搬迁社区'代治'转'自治'衔接问题研究"。

刘婷：四川省 2021—2023 年高等教育人才培养质量和教学改革项目"'3C'模式下助力民族地区的社工专业本科人才培养机制研究"。

刘婷：彝族文化研究中心 2022 年度科研项目"共同体视域下凉山彝族易地扶贫搬迁及社会适应性研究"。

刘婷：2022 年农业现代化与乡村振兴研究中心课题"民族社会工作助力乡村振兴路径研究"。

（二）工作组研究生和本科生获得的主要奖项：

熊征老师指导研究生王桔在项目地的实务项目"少数民族易地搬迁社区老年人社会融入研究——以'彝欣社区'为例"在中国社会工作教育协会民族社会工作专委会举办的全国首届民族社会工作实务与技能大赛中荣获二等奖。

熊征老师指导研究生汪鑫、魏心鹏撰写的文章《少数民族易地搬迁安置社区老人社会融入的社会工作介入研究——基于生活模式视角》在 2022 年第五届"全国民族社会工作年会暨铸牢中华民族共同体意识与新时代民族社会工作高质量发展征文大赛"中荣获二等奖。

刘婷老师指导"彝路'童行'"暑期社会实践团撰写的《社会工作介入少数民族易地搬迁安置社区儿童陪伴教育路径探索》调研报告进入 2022 年全国大学生暑期实践成果 TOP100。

刘婷老师指导的短视频作品《苏勒的夏天》获得 2022 年四川省大学生新媒体创意大赛三等奖。

谢缘老师指导的"彝音彝史，口口相传——共建易地扶贫搬迁安置社区彝族居民文化认同的公益实践"获得 2023 年首届"四川省大学生公益项目创新设计大赛"二等奖。

刘文娜老师指导研究生撰写的彝欣社区实践成果案例《你是不一样的烟火》获得第二届"全国 MSW 研究生案例大赛"优秀奖。

从"彝路相伴"到"牵手伴行"，未来西华大学工作组将继续深耕凉山，助力基层社区建设发展，同时深入泸州古蔺开展专业服务，为巩固脱贫攻坚成果与乡村振兴有效衔接过程中的城乡基层治理提供更加坚实的智力支持。

成都信息工程大学参与行动纪实

一、参与行动计划的理念：专业赋能 + 组织协同

为认真落实各级党委政府关于易地搬迁部署要求，加强凉山州易地搬迁大型集中安置新型社区治理，成都信息工程大学自 2019 年以来，参与四川省"彝路相伴""牵手伴行"行动计划，对口支援凉山州昭觉县最大的易地搬迁集中安置点沐恩邸社区，以专业社会工作服务提升安置点社区治理发展水平。学校凝心聚力助发展，在此项帮扶工作中结出了硕果。

为保障此项工作顺利开展，学校科学制订了三年服务计划。校长余敏明带队前往四川省民政厅以及凉山州昭觉县进行协调调研；副校长于世祥、舒红平、朱明等先后 6 次分别前往省民政厅、凉山州沐恩邸社区、凉山州西昌市，协调具体工作，推动落实。

2022 年，"彝路相伴""牵手伴行"行动再创佳绩。根据凉山州实际需求，成都信息工程大学文化艺术学院与计算机学院、马克思主义学院共同组建 20 余人的跨学科合作工作团队，从人才培育、科技赋能和实务工坊三个方向，为昭觉县的社区治理和发展提供更好、更全面的支持。

学校充分发挥专业优势，组建了计算机专业"科技赋能"团队，通过"实用技术赋能"和"智慧治理献策"两大计划，主要针对昭觉县和马边县的项目实施、文化宣传、产品销售等，为昭觉的宣传人员、社区"两委"及有产品销售需求的人员开展线上传播培训，主要包括抖音、小红书、淘宝、微商等平台的实际操作。同时根据昭觉县和马边县社区治理的现实条件，为昭觉县和马边县的智慧治理出谋划策。

二、服务开展背景：城镇融入 + 对美好生活的向往

沐恩邸社区地处昭觉县城北镇谷都村，交通便捷，社区功能基本齐全，是昭觉县最大的易地搬迁集中安置社区，总占地面积 207 亩（1 亩 ≈ 667 平方米），安置了来自全县 28 个乡 87 个村的 1 428 户 6 258 名群众。"沐恩邸"寓意为沐浴在党的恩情下的府邸。例如，曾经因进出村要借助 12 段 218 级藤梯，攀爬落差高达 800 米的昭觉县阿土勒尔村一度成为全国关注的焦点，阿土勒尔村也被人们称为"悬崖村"。2020 年 5 月，"悬崖村"的贫困户陆续搬下山，39 户 174 名悬崖村村民搬进沐恩邸县城安置点的新家，所有适龄儿童均在城区就学。

在这些易地搬迁社区中，当地社区干部、工作人员、社会工作者肩负着帮助彝族居民适应易地搬迁生活的多重责任。"彝路相伴""牵手伴行"行动计划的实施，能够培育当地的社会工作者、社区工作者帮助彝族居民融入城市，走向更美好的生活。

三、服务开展情况：专业督导 + 实务工坊 + 文化链接

（一）点对点专业督导关系的建立

构建"高校 + 社区"的点对点的指导帮扶关系是"彝路相伴""牵手伴行"行动计划第一阶段的赋能任务。学校鼓励当地社会工作者、社区干部、民政干部主动参与，通过成员之间的学习交流，建立稳固的赋能网络。寻找专业带头人、"领头羊"，为牵手相伴提供巨大助力。引导赋能对象的自我意识和社会意识的形成与提升，帮助他们形成和掌握社区治理、助人自助、城市融入等观念和相关技巧，共同制订适应本地实情的社区发展计划，促进问题的自我解决。用优势视角看待赋能对象个体的问题。

（二）多元共举，专业共创：团辅 + 工作坊 + 个案督导

针对当地社区治理人才不足的问题，社区工作人员和社会组织社工实务经验匮乏的特点，教师督导社工团队通过主题培训强化理论学习的同时，定向定期开展实务工坊活动。结合当地社区日常工作，教师督导社工团队从需求调研、活动设计、项目设计、工作技巧等方面，定期开展实务工坊活动，手把手训练学员掌握相关技能，在昭觉县开展 5 批次、共 6 期实务工坊活动，在社区实务场景中进一步提升学员实务技能。

（三）赋能使能＋知识提升：专业教师团队的线上培训

昭觉县的整体情况是，社区工作人员、民政工作人员以及社会工作者大多数没有系统学习过社会工作知识，因此需要一些社会工作基础知识普及培训。培训需要与他们的实务工作相结合，重点围绕"一老一小"和残障群体开展，另外他们也需要掌握基础的服务技能，开展实务性较强的专题培训，如入户探访技巧、需求评估过程与方法、资源链接的手段与方法等。因此，学校在"彝路相伴""牵手伴行"行动计划实施过程中，设置了10个培训专题，每个专题的时长在90分钟，采用录播形式，根据行动计划实施时间陆续进行放播。

（四）初级社会资格考级的线下＋线上培训

针对昭觉县仅有极少数人有初级社工证的情况，2023 年 5月21—23 日，在昭觉县民政局的支持下，成都信息工程大学联动成都市同行社会工作服务中心，在昭觉县开展2023年社会工作职业水平考试考前培训。成都信息工程大学社会工作专业的伍娟老师和席曾苹老师通过举办线下＋线上培训的方式进行主讲。昭觉县民政系统和社会组织报考的学员参加了此次培训。此次培训进一步加强了昭觉县社工人才队伍力量的赋能培育。

（五）文化志愿服务的联动："彝路相伴"之"经典润乡土"

2022 年11月1—9日，成都信息工程大学和成都市同行社会工作服务中心联合组织实施了2022"彝路相伴"乐治社区治理人才培育计划及文化下乡活动。这次活动通过讲座、走访工作坊、实务实训、社工督导、组织沙龙等方式开展，对当地社区工作者进行了培训，先后走访了凉山州中具有典型代表性的喜德县、昭觉县、布拖县和盐源县的社区单位以及州府西昌民政局，有效地提升了社区工作人员的基层治理能力。在此期间，活动组成员还与培训人员进行了普通话对话及传统文化交流，拜访了当地的独居老人，给他们带去了鸡蛋、面条等慰问品。

为了提高凉山州社区图书的丰富度，增强社区的软文化储备能力，在此次志愿活动中，学校还带去了由成都信息工程大学师生捐赠的图书，并转达了学校老师和同学对凉山州社区发展的关心。这对增强社区文化氛围，推进社区文化建设，起到了积极的促进作用。

（六）社工+"推普"的联动："彝路相伴"之"彝路推普人"

2022年7月7日，成都信息工程大学文化艺术学院召开暑期"三下乡"社会实践活动工作安排会，学院党委书记闵卫东、学院团委书记李雅婧、参加"三下乡"活动的全体同学参加了会议。会上，闵卫东对成功入选"彝路推普人"暑期"三下乡"社会实践活动的同学表示祝贺，希望同学们明确实践目的，注重理论联系实际，在服务乡村振兴的实践活动中增见识、长才干。他勉励同学们要不怕吃苦，虚心学习，加强沟通，服从安排，确保安全。

本次"彝路推普人"暑期"三下乡"社会实践活动以"学习贯彻二十大精神，推普进彝助振兴"为主题，依托四川省民政厅"彝路相伴"行动计划，奔赴学校定点帮扶的凉山州昭觉县沐恩邸社区开展社区支教服务活动，带动当地民众和学生更好地学习并运用普通话，传承民族优秀传统文化，普及科学技术知识，构建和谐社区，助力乡村振兴战略实施，同心共筑"彝家梦"。

在沐恩邸社区副主任何军和长期在社区开展服务的社会工作者工超超老师的大力支持下，在学院团委书记李雅婧老师的带领下，团队成员深入社区，了解居民需求、社区建设现状，开展了社区治理交流并向社区捐赠了图书，向小朋友们赠送了文具袋、油画棒等文具，并开展了系列教学实践活动。

在普通话教学与经典传统文学作品朗诵课上，团队成员帮助小朋友们纠正普通话读音，体味优秀传统文化的魅力；在书法课上，小朋友们认真学习正确的书写方法，从一笔一画中感悟"天人合一""和而不同"；在手工绘画课上，小朋友们用稚嫩的双手勾勒出缤纷世界；在彝普文化交流课上，小朋友们与团队成员进行彝普话语互译，感受语言的神奇魅力和文化交流的美好；在气象防灾知识科普课上，团队成员结合知识手册和教学图画让小朋友们体会到大自然的威力，以及人与自然和谐相处的重要性；在手语操课上，小朋友们通过学习《国家》手语操坚定民族自信，厚植家国情怀。

在此次实践活动中，团队成员认真准备，倾情投入，课堂内容充实，互动频繁，既贴近社区实际，又丰富了社区居民和小朋友们的精神文化生活，取得了良好的社会效益。队员们真切地感受到了推广普通话对助力乡村振兴的重要意义，进一步坚定了以实际行动投身现代化强国建设的信心和决心，为他们的青春之路写下了靓丽的注脚。

手语操汇演

四、服务开展成效与反响

成都信息工程大学制订了"社会工作英才计划"，深入推进昭觉县社会工作和社区治理人才队伍建设。"社会工作英才计划"吸纳了8家社会组织55名社区工作者参与项目，总共开展3期，参与人次达630余人次。针对昭觉县社工服务体系建设需求和社区治理需求，学校派遣了8名社工专家实地进行主题培训，分4批开展了18场主题讲座；针对骨干人才培养需求，通过一对一重点督导方式，共计培育了27名社区社会工作骨干；针对社工职业水平考试需求，学校开展线上复习实训；针对社工站专业化建设需求，开展实务实训工作坊共6讲，并在救助社会工作、蝌蚪赋能儿童社工和老年社会工作等领域提供实务实训。63名社区社会工作骨干人才队伍初步建成，孵化8家社会组织起步发展，2家重点帮扶机构成功申请项目，基本实现可持续发展。

基层干部是社区治理的引领者和实践者，其工作繁多。通过"彝路相伴""牵手伴行"行动计划，引导彝族搬迁地的基层工作者、社会工作者学会连接和整合资源，包括物质性资源和非物质资源、个人资源和组织资源。通过建立点对点的督导关系，结合团辅＋工作坊＋个案督导，以及针对当地情况的专业培训，实现专业资源与个体之间的有效对接。

通过多种赋能方式，激发社会工作者、基层社区工作人员、民政工作人员的主观能动性。通过个案、小组、社区分类开展活动，及时发现专业需求并提供有针对性的服务，提供专业支持，构建互助支持小组，鼓励主动参与，通过成员之间的学习交流，建立稳固的学习网络。共同制订培育计划，引导他们形成并提升自身的专业意识和社会意识。

成都信息工程大学的"彝路相伴""牵手伴行"行动计划借助社区发展模式和社会策划模式的理念与方法，关注民族社区文化治理问题，将彝族文化保护与传承、彝族与多民族和谐相处、民族文化与现代文化的交融等作为行动计划的重要内容，组织所在地的民政力量、社会组织力量、社区居委会力量一起协商合作，发挥各自的优势和作用，使其在易地搬迁社区的社区治理中提升自我效能和专业能力。

第二部分　服务案例

脱困成长的库扑且
—— 基于儿童个案社会工作介入的案例分析

撰稿人：王卓、黄乐培、范静

一、案例背景

东山社区易地扶贫安置的居民主要是来自金阳县 14 个乡镇、38 个经济困难村的彝族群众，截至 2020 年年底，社区共入住 1 200 余户、约 7 000 人。其中，18 岁以下的未成年人有 2 000 多名。根据社区"两委"走访调查建立的困境儿童档案，东山社区当前有 200 多名困境儿童，他们中大多数是留守儿童、单亲家庭儿童、身患残疾的儿童，或者是父母双方去世、服刑等情况造成严重监护缺失的儿童。儿童是国家的未来和希望，助力困境儿童脱困成长、迎接美好未来，不仅是每个社会工作从业者的期盼与责任，也是政府和社会开展社会福利和社会服务工作的重要着力点。本案例将从专业社会工作的视角出发，聚焦东山社区困境儿童库扑且从搬迁前到搬迁至东山社区接受社会工作服务后的改变，研究社会工作如何增强困境儿童抗逆力，助力困境儿童成长和发展。

二、困境儿童库扑且与个案社会工作介入

库扑且（化名），男，生于 2006 年，就读于金阳县天地坝镇东山社区中心校六年级，是东山社区的困境儿童之一。父亲几年前因病意外去世，母亲在其 2 岁时便患上精神疾病，后住进精神病院接受治疗，如今只剩他与奶奶、哥哥和弟弟生活在一起。家中唯一的劳动力——哥哥，为了生计几年前到广东打工，在 2020 年遭遇了一场意外车祸，落下终身残疾，还欠了高利贷。

2020 年 8 月，四川大学"彝路相伴"项目组到东山社区进行前期调研时，王卓教授发现了这样一个瘦瘦小小，看起来只有 10 岁左右的儿童。经过多方了解和接触，王卓教授希望通过社会工作的个案介入，为这位困境儿童注入一些

力量，改变他的困难现状。2021 年 7 月，四川大学项目组派出社会工作专业研究生进驻东山社区，在开展社区服务的同时，重点关注东山社区的儿童群体，为他们提供专业社会工作服务。四川大学项目组派驻的社工入驻社区后，逐渐与社区儿童建立起了友谊。由于儿童缺乏陪伴，社工成为他们乐于倾诉的对象。在王卓教授的督导下，派驻的社工开始关注社区的困境儿童。至 2021 年 7 月上旬，库扑且在他朋友的鼓励下，简单地向社工倾诉了自己近期的烦恼，并表示希望得到社工的帮助。在和库扑且的访谈中，社工了解到库扑且一家在 2020 年 7 月搬到东山社区后，在新社区里熟识的亲属较少，平日也较少来往，社区邻里之间陌生。他与新学校的老师、同学关系也不好，在社区里的朋友较少，平日多是待在家里。受家庭经济状况不良、社会支持系统薄弱等因素影响，库扑且的学业成绩一落千丈，整个人表现得十分消沉，想要辍学到外地打工，在认知和行为上均表现出抗逆力低下、适应不良的消极状态。库扑且现在在社区小学上学，他不适应新学校的环境和老师的教育教学方式，觉得听不懂老师在讲什么，加上对他好的老师还离开学校到其他地方任教，这些都对库扑且的学习产生了较大的影响。他失去了学习的信心，不想听课也听不懂课，还会逃课、打架等。他因此对自己的能力产生了怀疑，对自我的认知出现了偏差，自我效能感低，变得有些自卑。

鉴于库扑且面临的突出问题及其主动求助，专业社工决定通过个案介入的方式，回应他的需求，帮助他解决困扰。社工通过入户调查、深度访谈，了解到了库扑且更为具体的情况。基于第一阶段需求评估的发现，社工计划采用培育个体内在抗逆特质、增加外部社会关系保护性因素、引导个体和环境积极互动的抗逆力提升策略，对库扑且自身及其所处环境展开干预。社工除了与库扑且进行个案面谈外，还通过与他共同玩游戏、合作完成任务等方式协助库扑且树立起积极的自我概念，提升自我效能。在近一个多月的时间里，社工助力库扑且树立起了生活和学习上的目标，并鼓励他坚持执行制定的目标和计划。库扑且明显对学习和生活充满希望，转变了对自己的消极认知，同时正视自己的优势和不足，不再想着逃学外出打工，不再整天睡觉无所事事。除此之外，社工还鼓励库扑且参与儿童之家的小组活动和大型社区活动，支持库扑且加入社区儿童志愿者组织。这一方面能充分发挥其主动性，参与社区儿童事务，扩展朋辈支持网；另一方面也提升他与人沟通交往、团队合作等能力。通过参与社工站组织的开放性儿童兴趣小组活动，库扑且开心地告诉社工："感觉现在自己不像以前那样害怕与人交流了，也不害怕有那么多人看着我了。以前看到很多人我都会藏起来，让人看不见，现在就不会了。"自此以后，社区的儿童活动中也渐渐出现了他的身影，在社区儿童暑期运动会、社区儿童夏令营等活动中，他均积极主动作为儿童志愿者来服务他人，活动中处处能见到他忙忙碌碌的身影。

在派驻社工和本土社工的共同帮助下，库扑且发生了明显的积极变化。我们不难发现，促进库扑且改变的原因除了四川大学派驻社工和东山社区本土社工的帮助外，更为主要的还是靠他自身努力改变，接受帮助，调整心态，用一种乐观且积极向上的人生态度来面对现实生活中的逆境。虽然库扑且需要适应易地扶贫搬迁所带来的环境变化，但是易地扶贫搬迁也为库扑且带来了专业的社会工作服务，增强其自身抗逆力，提升其应对未来生活的能力。

三、面临的问题与挑战

基于社会工作的专业价值观和专业理念，对困境儿童进行关注和干预，能够在个体成长、环境改善等方面产生良好的效果。就如本案例，库扑且在社会工作者的带领和帮助下，一改往日的自卑、消极，成长成为一名积极、大方的儿童。然而，在社会工作助力困境儿童成长的过程中，同样还面临一些挑战和困境。其中最主要的是个案干预效果的可持续性问题。基于政府购买项目而开展的社会工作服务具有时间限制，很难在短期内保证社会工作专业服务效果的持续性，也难以保证服务对象不会出现反弹的情况。四川大学项目组派驻社工以项目成员身份进入社区对困境儿童库扑且进行了儿童个案社会工作的专业性干预，在库扑且自身和社工的共同努力下，库扑且的抗逆力得到了一定程度的提升。但是，随着派驻社工的撤退，个案干预效果的持续性问题也随之显露了出来。虽然在地的本土社工可在地进行跟进，但是由于本土社工缺乏对个案工作方法的相对系统的认识，且受限于日常繁杂事务等因素，其难以独自胜任干预之后的后续工作。尽管远程督导和远程干预可在一定程度上缓解这一问题，但是包括能力在内的差距等因素对这种干预模式的可持续性也提出了挑战。

四、展望与建议

面对社会工作服务效果的可持续性问题与挑战，我们认为，本土社工站和本土社会工作者作为提供社会工作服务的主体，可以从以下三个方面做出努力。

一是提升社区社工站独立承接政府项目的能力，最大程度保证服务项目和服务人员的可持续性。此外，需要提高服务的专业性与精准性，以实际行动和效果证明社会工作的专业优势与实际价值，以获取基层社区干部和群众的肯定，从而保证社工站建设的独立性与自主性。

二是明确社工站的职责定位，厘清基层社区与社工站之间的关系。基层政府要有意识地为社会工作专业服务留有空间，支持、鼓励社会工作专业人才做更复杂、更有深度和综合型的民生服务项目，以在深层次上促进基层社区的民生改善和社会治理的稳步开展，为社会工作纵深发展提供更多的可能性。

三是加强对本土社会工作人才的支持、培训和督导，使其能够为社区居民提供更加优质、专业的社会工作服务。社工机构要加强对一线社工的心理支持与物质保障，及时关注一线社工在社区的生活及工作情况，以物质支持与精神支持结合的形式加强其对所属机构、所在社区的归属感，充分肯定一线社工的工作内容与服务效果，保证其自我效能感处于良好水平，以此避免人才流失。同时，采用高校外部督导、机构内部督导相结合的方式，灵活开展对一线社工的能力培训工作，持续更新其理论联系实际的能力，加强政策学习、提高资源链接能力，养成善于学习、主动吸取先进经验的能力，以及运用不同话语体系与不同主体对话及合作的能力等。

五、案例评论

本案例从库扑且面临的实际困难出发，对其个体、环境、个体与环境互动三个层面进行了社会工作干预，以提升其抗逆力。整个社会工作干预过程以抗逆力理论为指导，探索出一条社会工作助力易地扶贫搬迁社区困境儿童成长和抗逆力提升的干预路径。在抗逆力理论的指导下，本案例的社会工作干预主要围绕个体内在抗逆力的提升、外部环境保护功能的提升和支持网络的巩固三个方面展开。案例中的干预内容主要包括以下五个方面。

第一是关系建立与问题澄清。从困境儿童库扑且个人出发，了解其内心想法，厘清其困难与需求，与其建立起信任友好的专业关系；同时，了解其家庭和社会支持的具体情况，评估其外部优势资源。第二是困境儿童个体抗逆能力的培养和提升。社会工作者借助个案会谈、游戏、目标制定等方法，聚焦于困境儿童库扑且的个人特质，从他的社会认知、自尊、自我复杂性和自我差距出发，协助其树立起积极的自我认知，提升自我效能；从精神、认知、行为、情

感和身体五个方面出发，培养其抗逆力特质。第三是困境儿童外部环境保护功
能的提升。主要聚焦库扑且的大家庭（家支）关系、朋辈关系和邻里社区关系，
融合小组工作和社区工作的方法，采用个案访谈、游戏、主题活动等方式，发
掘和利用大家庭环境中的优势资源，扩展朋辈关系的社会支持，促进邻里社区
儿童之间的认识和联系，发挥大家庭关系的补偿作用和朋辈、邻里社区关系的
社会支持作用，帮助库扑且建立起新的社会支持网络。第四是引导困境儿童与
外部环境积极互动。主要聚焦于其抗逆能力与外部支持环境的巩固和良性互动，
借助个案访谈和鼓励参与的方式，来引导库扑且主动与外部环境互动，同时通
过互动巩固个体抗逆特质和支持性的外部环境。第五是评估与反思。在库扑且
接受阶段性干预之后，利用社会工作评估方法，对其抗逆力情况进行后测，以
评估服务成效，并给予库扑且积极的正向反馈，巩固其所取得的成长与变化。
同时，根据评估的结果以及库扑且基于社会工作者的反馈，反思社会工作干预
过程中出现的问题，为专业服务的改进提供新的启发与思路。

搬迁老人的心安处：社区活动中心

—— 守护气球的石以热则和多才多艺的格立洛且

撰稿人：王卓、赵鑫

一、案例背景

凉山州金阳县，位于凉山彝族自治州的东南部边沿，金沙江北岸大小凉山交界地带。该县总面积 1 588 平方千米，辖内有 5 个片区 34 个乡镇，总人口 20.8 万人。其中，彝族人口占全县人口的 78%。东山社区作为该县最大的易地扶贫搬迁集中安置社区，汇集来自全县 14 个乡镇、38 个经济困难村的搬迁脱贫户，共计 1 200 余户、约 7 000 人。其中，登记在册的 60 岁以上老年人有 373 人，部分老年人在迁入社区后并未常住社区，常住社区的老年人约有 200 人，其中 80% 以上为中高龄留守老年人，主要在社区照顾孙辈，日常生活内容单一。2020 年 8 月 9 日，四川大学项目组来到东山社区考察时发现，社区内缺少老人和儿童的专门活动空间。项目组负责人王卓教授随即与金阳县民政局协商，建议将搬迁社区一期附近的 2 栋两层的楼房（面积约 400 平方米），规划建设为配套实施"彝路相伴"三年行动计划的社会工作活动场所。在金阳县委、县政府的大力支持下，东山社区老年活动中心、儿童活动中心等正式建成。本案例中的两位老人成为老年活动中心的常驻人员，不论是日复一日赶赴活动中心，还是欢欣踊跃参与社区活动，易地搬迁老人积极适应安置社区的生活状态得以局部呈现。

二、守护气球的石以热则老人

老人名叫石以热则（化名），男，80 岁，文盲，入住金阳县东山社区两年有余。五年前搬至女儿家，由女儿及女婿负责赡养，女儿家有三个外孙，大外孙女已经嫁人，另外两个孙子在省外打工。老人没有低保，有基本养老保险，吃穿住行全部依靠女儿。老人一共结过三次婚，现在依靠的女儿是与第一任老婆所生，与第二任老婆生了一个儿子已经夭折，与第三任老婆结婚不久便离婚独自居住。基于彝族传统习惯法，继承赡养制度主要表现为男子继承、幼子承嗣宗法和赡养父母。因此，社区中部分老人虽然没有建档立卡贫困户的搬迁资格，但多以随迁老人的身份居住在社区的小儿子家中。石以热则没有儿子，他只能跟随女婿一家搬迁至安置社区进行养老。

2020年，迁入东山社区易地扶贫搬迁安置点的还有格立洛且老人。格立洛且（化名）今年77岁，未正式上过学，但深谙"彝族习惯法"，生活技能丰富。格立洛且的妻子早年去世，两人育有两个儿子，大儿子已经去世，小儿子今年49岁，身体不好，无法外出务工。两个小孙子上幼儿园，另一个孙子上小学四年级，还有一个孙女上小学六年级。当前的家庭经济来源主要依靠低保和养老保险。格立洛且以前是一个孤儿，在国家的帮助下长大，老人常说："幸好有共产党的政策，我才能够活到今天。"

东山社区老年活动中心没有对外开放之前，两位老人经常坐在风吹日晒、灰尘满天的马路边打发时间。自2021年7月活动中心对外开放后，老人们的活动变得丰富起来，既可以坐在马路边看人来人往，也可以在活动中心喝喝茶、看看电影。

受到本土社会工作者及其他老人的邀请，石以热则老人频繁出现在社区活动中心。2022年7月，我们与老人交流时，老人表示，他一般早上六七点起床后就会到活动中心来。"有时候我来早了，你们都还没来呢！"询问老人为什么频繁出现在老年活动中心，老人回答道："国家为我们建好了房子，还给了我们这么好的坐的地方，就应该支持国家的政策。我们小时候只是听到国家的政策如何好，现在才是真正享受到了国家的好政策。这里（活动中心）肯定比外面全是灰尘的大马路坐着舒服。"由此可见，社区老年活动中心为老人提供了一个环境良好的休闲娱乐空间。

据本土社会工作者介绍，石以热则老人通常一个人从白天坐到晚上才回家，有的时候就只是坐着打打盹儿，有的时候会请他们（社工）帮忙播放一些爱国电影。《鬼子来了》《我和我的祖国》是老人常看的影片。此外，本土社会工作者表示，老人平时的话不多，一般都是一个人坐在一旁。不喜欢三五成群，也不愿意和其他老人吹牛、打牌。尽管不太与其他老人接触，但出于支持国家政策和日常娱乐的初衷，老人依旧兴致高涨地来回奔波于家和活动中心之间。久而久之，老人逐渐对活动中心培养起自己的公共空间意识。石以热则老人表示，自己很喜欢这里，要是看见活动中心的桌椅摆放不整齐、卫生打扫不到位，便会主动帮忙整理。作为活动中心的常客，石以热则老人每天来中心的第一件事情就是拿着水桶去楼下打水，提上来烧开，其他老人来玩的时候就可以喝上一口热水。"他们只晓得来了有水喝，却没有人问问是谁烧的。"

虽然口头上抱怨，但是把活动中心当成家的石以热则老人，依然会乐此不疲地做着这些惠及众人的好事。当然，石以热则老人也有苦恼的事。活动中心作为公共空间，其他老人来玩耍时带来的顽皮孙子会时常搞些小破坏。"那些娃娃不懂事，好好的东西就被他们搞坏了。"如果撞见小朋友调皮捣蛋、破坏公物，旁边没大人制止的话，石以热则就会主动站出来，对他们进行批评教育。石以热则对自己身旁的那面墙颇为骄傲。"你们看这里的气球，如果不是我坐在这里，早就没有啦！"在老人心中，活动中心早已是家一般的存在。大家在为石以热则老人的坚守感动之余，也会思考老年活动中心作为公共空间，如何维护并良好运营也面临着诸多问题。当前，活动中心主要由社工站负责管理和打扫，社区里的其他老人还较缺乏对活动中心的维护意识。

三、多才多艺的格立洛且老人

同样频繁出现在活动中心的还有格立洛且老人。回顾早年摸爬滚打讨生活的经历，格立洛且老人依靠自身努力已经练就了一身的本领，剃头、修房子，还会得一手好木匠活。在原来的村子里，格立洛且老人总是热心帮助其他村民，"哪家有需要了，他们只要喊我，我都会去帮忙。（大家）一个村子的，互相帮忙是应该的。"老人实实在在的生活技能、乐于助人的热心肠，也延续到了安置社区的日常生活中。2022 年 8 月 5 日，社工站链接外部资源，在中心开展公益理发活动。一时之间，中心挤满了前来接受公益性理发服务的老年人。这时，格立洛且老人拿出自己的家伙什儿，在中心门口搬来张椅子，娴熟地用刮刀给一位 80 余岁的老人理起头发来。

除了帮助他人，格立洛且还热衷于参加社区活动。2021 年妇女节前后，格立洛且在社区组织的才艺演出活动上进行了克智（克智包含有彝族传统知识及文化）表演。当问到为什么积极参与社区活动时，格立洛且表示："上台表演是多好的一件事呀，肯定很荣耀呀！能够把我们民族的东西讲出来我还是很开心的，这些东西烂在肚子里不好。能够影响多少年轻人我不晓得，（他们）都不太懂这些了。（不过）能听进去的自然就会听进去。"在老人看来，积极参与社区活动，不仅能够愉悦身心，也能够传承彝族文化，是一举两得的事。2022年 8 月，社工在老年活动中心开展老年小组工作时，格立洛且主动报名在集体生日宴活动上进行克智表演，"我问你，以前的人从哪里来，现在的人又是怎么活的？有人说，我们是猴子变来的，也有人说，我们是天上老鹰的后代……"事后四川大学派驻社工与参与活动的本土社工交流时，本土社工感叹道："很受用的！他讲了我们彝族的起源，好多我都不晓得的！"

东山社区现有 60 岁及以上老人 300 余人，社区活动中心内日常放置 6 张麻将桌，每张麻将桌配备 4 张椅子。"常规性的活动还好，但一遇上大型的集体活动，（中心）空间就有点小了。所以也有老人跟我们反映说，前面的人挡住了视线，我们什么都看不到，只能听听声音。"本土社工说道。

四、展望与建议

展望未来，我们对活化社区活动中心与促进社区老人和其他居民积极参与，有以下建议。

第一，持续推进后续项目，支持本土社工站常态化可持续运营。积极完善本土社工站的社区运营模式，激发本土社会工作者寻求有效的公共空间管理策略。比如，可以在活动中心出勤率较高的老年人中，选出老年活动中心的轮班名单，有序维护并管理老年活动空间，实现由"自我娱乐""自我教育"向"自我服务""自我管理"的转变，推动形成老年活动中心常态化管理模式。

第二，调整活动场地，适当扩充老年活动空间。通过扩大活动空间，提高空间的可容纳度，从而加强老年人与其他居民的互动机会。同时，完善空间的饮用水、取暖设备等硬件设施，进一步营造社区老人对活动中心的归属感。在扩大活动中心的服务覆盖范围、提升活动中心的服务质量过程中，使活动中心从少数老人的"心安处"发展成为社区多数老人的"心安处"。

五、案例评论

老年活动中心作为公共文化空间，自对外开放以来，通过开展常规的观影活动、大型的老年集体生日宴等活动，为社区居民的群众性集会发挥了重要作用，做出了重大贡献。不仅满足了社区老人日常娱乐及休闲需求，更契合了安置社区有序有效治理的长期发展目标。社会工作以老年活动中心为阵地，以搬迁老人和儿童等为主体开展形式多样的活动，能够有效增强居民的集体感与归属感，营造和谐友好的社区氛围。

坚韧阳光的彝族妇女代表"百姐"
—— 基于女性增能赋权的案例分析

撰稿人：王卓、陈雨婕、李梦鹤、范静

一、案例背景

　　始建于 2018 年 10 月的金阳县东山社区，在 2020 年 6 月竣工并迎来第一批搬迁居民。搬迁群众是来自全县 14 个乡镇、38 个经济困难村的建档立卡脱贫户，第一批搬迁居民共计 1 200 余户、约 7 000 人，其中妇女 1 400 余人，占社区总人口的 22%。四川大学项目组调研发现，社区内大量男性劳动力外出就业，留守妇女不仅要照顾家庭中的老人和小孩，而且还要打零工补贴家用。因此，动员和组织留守妇女参与社区建设成为了项目组的重要关切。

二、坚韧阳光的"百姐"与增能赋权的介入

　　百立喏（化名）是一位 45 岁的彝族妇女，她生于金阳县马依足乡特普洛村，2020 年与丈夫、孙女一同搬迁到东山社区生活。百立喏育有两个儿子，一个女儿，两个儿子均在外地务工，女儿高中毕业即将进入大学。百立喏是一个地地道道的农村妇女，平日里和别的农村妇女一样，做做种土豆、摘花椒等农活。但是，她在迁入东山社区后，凭借自身的聪明、勇敢和勤劳改写了自己的人生轨迹，成为搬迁社区妇女的优秀代表，社区居民都亲切地称呼她为"百姐"。

　　刚来到社区，由于没有工作、没有农田，百立喏每天的生活很无聊。后来，她在社区党群服务中心了解到金阳县文广局在社区党群服务中心打造了文化室，文化室里面有音响、话筒等影音设备，于是便借了来在社区广场播放音乐，跳彝族舞蹈聊以娱乐。随着音乐声的传播，越来越多的社区居民加入到舞蹈队伍中，起初还很害羞的百立喏，慢慢开始教授别人跳舞，后来演变成为带领大家在社

区一起跳舞，丰富了居民们的日常生活。本着一颗善良、为大家服务的热心肠，百立喏特别关注社区妇女的情况，并帮助社区中生活困难的妇女申请公益性岗位，以解决迫在眉睫的生计问题。基于她在社区中的突出表现和对姐妹们的关心关爱，社区"两委"举荐她成为金阳县天地坝镇东山社区妇联副主席，从事社区妇女相关工作。百立喏自担任妇联副主席以来，带领社区 200 余名妇女承接县妇联、文广局等部门带来的袜子、围巾、彝族服装等刺绣产品订单，创造总收入达 60 余万元。对于妇联繁重的工作，百立喏只是笑着说："我累点都没有关系，我就只是想带着她们都挣钱，把生活过得好一点。"

为有效实施四川省民政厅"彝路相伴"三年行动计划，成都市爱有戏社区发展中心在四川省民政厅、凉山州民政局、四川大学项目组，以及金阳县县委、县政府、县民政局和东山社区"两委"的支持下，在东山社区内成立社工站，并派驻专业社工向社区居民提供专业服务。社工初入东山社区时遇到了语言和文化等方面的难题，热心的百立喏帮助他们一一克服，使他们较为顺利地在这里扎下根来。在与社工的相处中，百立喏发现社会工作十分有意义，于是积极申请成为本土社工，加入社工行列。她努力学习社会工作专业方法，服务社区居民。在老年人生日宴时为他们跳舞、分发蛋糕；在端午等传统佳节时贡献自己的力量，为社区困难群体送去温暖。此外，在社工站负责人的支持和鼓励下，百立喏还作为队长正式组建了社区舞蹈队，用彝族舞蹈表演丰富社区活动。

2021 年 7 月，舞蹈队受邀前往金阳县城参加表演。除此之外，舞蹈队还参加了许多社区活动和社会工作服务活动。包括社区彝族年活动、社区宣传教育活动、社工站主办的老年生日会和中秋节活动等。在百立喏的带领下，留守在东山社区的妇女通过舞蹈队内的互动了解彼此的生活，建立起信任互助的关系。越来越多的妇女开始效仿百立喏的行动，积极主动地在社区广场跳舞、教其他居民舞蹈，还有一些妇女在百立喏的带领下成为社工站志愿者，服务社区、回馈社区。

在参与舞蹈队、社区活动、社区服务之余，百立喏还凭借自身的彝绣特长带领社区妇女创办农民合作社帮助增收。她从 13 岁开始学习彝绣，掌握了多种彝绣工艺技法。小到包头、钱包，大到彝族服装、挎包，她的金针下已经绣出数百件具有彝族特色的物品。2021 年，百立喏被评选为"凉山州首届十佳明星绣娘"。在得知东山社区也有不少妇女擅长彝绣后，百立喏开始思考一种既能发挥社区妇女们技艺，又能带来增收的方式。

正当此时，她得到了强有力的帮助。2021 年 7 月，在社工站负责人的资源链接下，百立喏带领社区 5 名绣娘参加省州妇联组织的"振兴巾帼人才培养计划首期（彝绣）带头人培训班"，在提升刺绣技艺的同时，还学习特色手工产业运营技术。同年 8 月，在四川大学"彝路相伴"团队和成都爱有戏社区发展中心的支持和督导下，百立喏一行人从金阳县来到成都，不仅学习了类似社区舞蹈队自治组织的发展经验，还在成都市郫都区宝华村通过实地参观习得了乡村产业发展和成立农民合作社的先进经验。

在参观学习结束后，百立喏运用所学，结合自己对社区内妇女的了解，打算在东山社区内成立农民合作社。她的想法在金阳县妇联和东山社区的支持下很快实现了，"金阳县绣美人佳刺绣农民专业合作社"就此诞生，社区内的妇女可以在这里获得刺绣产品订单、共同工作的空间，并依靠自己的劳动获得收入。百立喏对合作社倾注了大量心力，在运营初期她垫付了场地费、购买布匹等物资的费用。为了巩固合作社的发展，她持续地参加各类培训，并积极勇敢地提出自己的想法。

百立喏创办、运营合作社的道路并不孤单，东山社区社工站和四川大学"彝路相伴"团队时刻为她提供支持和帮助。2021 年 12 月，东山社区社工站负责人支持和带领全体合作社成员前往西昌学习彝绣产品设计，将现代理念和彝族特色相结合。2022 年 5 月，四川大学"彝路相伴"团队再次为百立喏她们的合作社链接宣传资源。合作社生产的服装在四川大学王卓教授及团队的支持下，进入四川大学校园乡村振兴成果展览中，在一系列大山农户土特产品展销中成为一道靓丽的风景。此外，团队还帮助组建了彝绣服装爱好者的微信群，这也成为后续生产销售的平台。在多方的共同支持和合作社成员的共同努力下，金阳县绣美人佳刺绣农民专业合作社成为联结东山社区留守妇女的纽带，帮助妇女突破有限社会资源的困境，在互助合作中实现了防止返贫和可持续发展。

三、困境与挑战

易地搬迁地区妇女的一个重要特点是与家庭存在紧密联结，与日常生活相融合的产业形态更符合她们的需求，百立喏和合作社社员选择彝绣正是出于这种考虑。然而，由于疫情和国内外经济影响，2022 年开始，合作社接到的订单渐渐变少，从最初的两三百双袜子、围巾的订单，变成了现在偶尔才能接到两三套彝族服饰订单。这样的境况一直持续到 2022 年年中，订单数量有减无增。

到了八月份采摘花椒的季节，一些社员前往社区周边的花椒合作社摘花椒，挣些外快。还有一些社员忙于照顾孙辈，也逐渐减少了与合作社的联系，这直接表明了参与主体的动机不足。如今，尚处于初级发展阶段的彝绣合作社仅剩两名社员和一直在坚持的百立喏。订单的减少直接影响了社员参与刺绣合作社的热情和信心，社员的持续减少又使得合作社的发展雪上加霜。

强大的内生性动力是缓解贫困、防止返贫的根本性方案，它涉及个体"需求—动机—行为"三个层面的转变。当前，百立喏与合作社成员均已在个人总收入水平上实现了"需求"层面的目标，不再为生计问题所困。二者面临的主要困境分别来源于"动机"层面与"行为"层面：对合作社成员而言，她们主要通过彝绣获得物质层面的收益，个体缺少传承民族技艺的荣誉感和使命感，精神层面的满足感和成就感较弱。因此，当这种收益具有可替代性时，如采摘花椒、外出务工等；或者其他劳动更具有精神层面的不可替代性时，如照料孙辈、履行长辈义务等，她们坚持彝绣活动的动机就会被削弱。此外，合作社的核心成员来源于舞蹈队，长期交往结成的情感联结是她们在合作社继续获得精神满足和成就感的重要来源。但当前这种情感联结正不断减弱，并且与成员流失形成叠加效应，这也导致社员在"动机"层面的目标更难以实现。对百立喏来说，她虽然已作为合作社的领头人、县域范围内的"明星绣娘"实现了"动机"层面的目标，但在外部力量向她赋能增权时，如金阳县妇联提供彝绣订单，东山社区向她提供技能培训机会，受自身文化素养和眼界思路的限制，她难以整合资源、探索有本地特色的发展类型和运行方式，对外部支持具有强烈依赖性。因此在"行为"层面表现出明显的弱势，内生性动力不够强烈。

四、展望与建议

凉山彝族搬迁社区妇女在男性大多长期外出务工的背景下，为当地社区的稳定发展撑起一方晴空，又似涓涓流水以团结互助、积极勇敢的精神文化长期滋养、浸润着社区，推动易地搬迁社区向前迈进。如今，彝族妇女已经通过实际行动展示出，她们有愿望、有想法构建基于社区空间的防返贫共同体，实现对美好生活的追求。但不可否认的是，彝族易地搬迁社区中的女性大多具有语言水平较低、文化水平较低等长期积弱的劣势，难以在朝夕之间扭转积弱的现状。当前的彝绣合作社已经在多方倾心呵护下长出了幼苗，但在规模缩减、人手不足、生产思路落后的风雨中，仅靠当地妇女的勉力维持难以苗壮成长，还需要各级政府提供长期有力的支持，不仅给予物质资源，更重要的是提供可持续发展的顶层设计。

彝族文化是中华民族文化花园中的奇葩，彝族的传统服饰、节日早已被列入我国非物质文化遗产名录；彝族人勤劳勇敢、尚礼重德的精神品质体现了中华民族共同体"多元一体"的内涵特质，佐证了中华民族共同体所具备的"文化认同"。彝族文化具有深厚底蕴，是中华民族文化不可分割的一部分。要想可持续地挖掘彝族文化价值，其最终答案不是向博物馆寻求，而是回归市场。但百立略的经历和东山社区彝绣合作社的故事表明"好酒也怕巷子深"。今天的消费市场虽然并不缺少对民族文化的审美，近两年"新国潮""新中式"的时尚风潮也造就了大批广受消费者好评的产品。但难的是如何将彝族文化、中华民族精神融入物质产品，生产出兼具艺术性与实用性的特色器物。

对此，首先应当更新对于少数民族地区工业化生产扶助的固有观点，制定既能铸牢中华民族共同体意识，又符合当前消费市场时尚需求的"防返贫、促增收"帮扶方案。这就需要在四川省文旅厅、凉山彝族自治州文旅局的合作支持下，打造四川省少数民族文化旅游名片，增强彝族文化的知名度，挖掘和传播作为中华文化一部分的彝族故事与传说。最终通过文化展览、手工体验等多样化的宣传方式，引导提升消费者对彝族文化的兴趣，并主动将其纳入国潮时尚圈，激发消费群体的购买意愿。

其次，民族文化传播与商业化生产并不冲突，融入民族文化元素的日常用品反而会获得更高的使用率和更广泛的传播力。因此在解决易地扶贫搬迁社区彝绣合作社的订单上游难题后需要适度调整生产方向，发挥分工优势，打通全链条，实现工业化生产。在商业化生产模式下，社区内的彝族妇女可以将传统非遗文化特征浓缩于现代日常生活器物，成为文化创意生产者、工厂流水线上的工人。而在艺术化生产模式下，她们还可以是生产文化艺术精品的匠人，传承和丰富我国的民族文化宝库。地方政府可以向她们提供更专业的市场营销团队，对年轻的社区居民提供相应的培训，组建起具有现代性的本地经营团队，帮助易地扶贫搬迁社区成员通过产销具有高附加价值的文化产品更好地融入市场，阻断返贫可能。此外，还可以发挥易地扶贫搬迁社区成员高流动性的优势，借由他们在日常生活中对彝族文化元素的使用，以及他们与更广泛社会面的互动，在潜移默化中实现地方性文化特色的浸润传播。

最后，开放的文化消费市场有助于女性对多样化社会身份的想象，促进内生性动力，提升自我赋权意识。东山社区成员对百立喏勇敢带领大家创办合作社、积极组织社区成员增收的行为赞赏有加，她也成为众多女性社区成员心目中的新时代独立女性优秀榜样。然而，她们对百立喏的创业行为仅停留于正向的价值判断，而没有转化为模仿和超越的行为，这也导致合作社面临孤木难支的困局。当前，社区内的妇女大多已经实现了内生性动力机制中的"需求"层面，不再为生计而困扰，但在"动机"层面缺少对更高层次发展的愿望。因此，一方面，地方政府可以在打开新的文化消费市场后，向社区居民特别是社区中的明星人物打开更多与社会链接的窗口，让她们通过一位成功女性的例子中看到自己成为合作社带头人、文化创意公司企业家、公益活动发起人、非遗文化保护者等多重社会身份的无限可能，扩展自己与社会相联系的想象空间，激发她们对于自我、社群、民族身份的探索愿望，从而激活"动机"层面的内生性动力；另一方面，地方政府还可以开办多种多样的技能培训班，鼓励她们在彝绣、漆器、建筑等方面发挥聪明才干，在各种品类的文化器物生产中打造更多如百立喏一般的带头人，增强女性群体的技能水平。

五、案例评论

百立喏在走访入户、调研建档、发动群众参与活动、服务安置社区居民、组建社区妇女自治组织、成立彝绣合作社、解决社区妇女生计等工作中发挥了不可或缺的作用，她不仅用自己的力量为东山社区的治理和发展添砖加瓦，还引领带动了更多社区妇女参与到社区增收和社区活动当中，证明了"妇女能顶半边天"，让我们看到了社区发展中的女性力量。百立喏的事迹彰显了彝族妇女的聪明、勇敢与勤劳，这些优秀品质是她成为东山社区妇女代表的必要条件之一，她的发展和改变也得益于"彝路相伴"三年行动计划的多方支持。

三年来，社会工作者基于对内生性动力理论的理解，通过增能赋权的方式，促成百立喏实现了从一位普通农村妇女向社区妇女代表的良好转变。首先，社工站负责人王立伟与四川大学"彝路相伴"项目组王卓教授团队对百立喏开展培训、支持与督导等，为其进行个体层面的增能。例如，帮助百立喏发掘自身在妇女工作、舞蹈、彝绣等方面的优势、潜能，培养其开展妇女工作的能力，增强自信，最终能够独立自主解决各类工作问题。其次，社工站、四川大学"彝路相伴"团队、东山社区"两委"等主体对百立喏社会支持网络进行了搭建和扩充，为其进行人际层面的增能。具体表现为鼓励和支持百立喏成立社区妇女舞蹈队,使她在互动过程中重塑自信心、找到归属感、给予她有力的后盾和支持。并且还帮助百立喏链接如培训资源、参访资源等各类资源,让她感受到来自社工、高校、政府和社会的关怀,有勇气面对生活和工作中的难题,挑战更大的困难。最后,政府通过购买社会服务项目、社会资源再分配,为百立喏以及整个东山社区进行了政治层面的增能。

正是有了"彝路相伴"三年行动计划,专业的社会工作服务和社会工作督导才能顺利进入东山社区这类大型易地扶贫搬迁社区,并且帮助当地居民适应生计方式的转变,增强生活幸福感。这也得益于四川省民政厅、凉山州民政局、金阳县民政局等政府力量的帮助和参与,让社区妇女在寻求自身发展和改变时能够更加有底气和保障,使其能够打破生理性别决定论的约束,意识到自身在政治、经济、教育、家庭中的重要作用,主动寻求走出困难的道路,迎来更美好的生活和未来。

传承与反哺：
社会工作助力社区治理的东山模式

撰稿人：王卓、杨天

一、案例背景

金阳县东山社区作为四川省城乡社区治理试点，于 2020 年 5 月被四川省民政厅确定为"城乡社区治理三年行动计划"的首批基层治理省级试点社区。自 2020 年 6 月居民搬迁入住以来，东山社区"两委"在省民政厅指导下，结合居民实际需求，创新优化社区管理体系。东山社区针对易地扶贫搬迁社区的"过渡型"特点，一方面坚持党建引领基层治理、村民自治的长期实践经验，另一方面致力于提高社区治理现代化水平，实现社区、社会组织、社工、社会资源及社区自治组织的"五社联动"。在加强党建引领的强堡垒作用方面，东山社区在社区党委下设 8 个党小组支部，各党小组设一名党小组书记，管理 5 个楼栋。实现了精准掌握居民信息，精准兑现惠民政策，精准开展居民服务，扎实推进"微治理"，促进社区"大和谐"。实现基层党组织建设与基层治理的紧密结合，在一定程度上规避了城市流动社区治理中"党建与治理实则两张皮"的治理困境。与此同时，在省民政厅"彝路相伴"三年行动计划的支持下，在四川大学中国西部反贫困研究中心的指导下，东山社区社工站成立了，并深度参与到社区治理中。通过开展社区融合活动，推进社区自治组织培育，持续营造社区公共空间，发掘社区骨干与治理人才，切实为社区"两委"提供智力支持。同时，推进社区干部的社工化，提升其对居民的服务能力。

二、服务社区的而故父子与社会工作方法的反哺

本案例主要介绍东山社区第八党小组书记而故拉伯（化名），其子是东山

社区社工站本土社工而故力切（化名），父子二人在不同岗位投身社区服务与治理，通过党的群众工作方法传承与现代社会工作方法反哺，实现经验与理论互鉴，共同推动社区治理向高质量发展的故事。

而故拉伯今年58岁，育有三个儿子。平日里他和27岁的小儿子而故力切住在东山社区里。因为7岁的孙女在金阳县城读书，而故拉伯的妻子非寒暑假时都在那儿照顾孙女。而故拉伯的大儿子今年31岁，已成家，与其妻在上海务工；二儿子从小就喜欢音乐，现在在上海当一名音乐教师。一家人一年里少有机会团聚，大多数时间都只有他和而故力切两人在家。在而故力切看来，大学毕业后回社区社工站工作，身份的转变让他主动从担任党小组书记的父亲那里学到了很多工作经验，也懂得了父亲多年的坚守。而在而故拉伯看来，而故力切放弃了外出发展的机会，留在社区贡献自身力量也让他非常自豪，从小儿子那学到的社会工作理念与方法，让他在开展群众工作时有了新的思路与方式。

在搬迁到东山社区担任党小组书记前，而故拉伯就有着极为丰富的基层工作经验。他们一家早先住在高峰乡火花村，他在那里曾担任过民兵连长、村小组组长，之后因工作表现突出，高票当选火花村村长。他用真情和实干赢得了村民信任，连续三年当选。而故拉伯回忆起当时如何开展工作时说道："当时是真的穷啊，村长一个月也没多少钱，单靠那点工资，家肯定是养不活的，但大家都信任我，我还是要干，哪家哪户闹矛盾了，就会来找我调解。我当时年轻，还带着村子里的年轻人去挖沟开地。我自己家里面养了好多羊，哪家特别穷的，也会先借给他们几只小的，养大了生下小羊后再还给我。"他在1999年光荣加入中国共产党后，始终坚守共产党员的责任感和使命感，扎根基层一线，用辛勤汗水厚植基层沃土，守初心、担使命，实现人生价值。

2002年，为了让孩子们接受更好的教育，方便孩子们到县城上学，而故拉伯带着要上初中的大儿子和还在上小学的两个小儿子，全家搬迁到金阳县天地坝镇新建村。对于父亲重视教育的原因，而故力切是这样说的："我们家从爷爷开始就重视教育，我爷爷省吃俭用供我爸爸读到了初中，但他不懂事，没有去参加初中毕业考试，没获得文凭，也就没了继续读书的机会，因此他从小就让我们三兄弟多学知识多读书，有文化才能有大作为。"在离开火花村前，而故拉伯将家里的牛羊都留给村子里较为贫困的村民照看，并约定往后新生的牛羊都归村民所有，切实帮助困难群众。到了新建村后，而故拉伯发现，村民大多是从各乡镇搬来的困难群众，他坚信焦裕禄同志所说的"共产党员应该在群众最困难的时候,出现在群众的面前"。尽管村干部当时的工资一年只有 1 200 元,但他不计较个人得失,在担任新建村党委副书记期间,深入走访,了解群众困难,竭尽全力为群众排忧解难。当时搬来的群众中有一部分户口信息都没有落实,他挨家挨户走访登记,认真核对信息,并向居民迁出地了解情况,及时上报。

而故拉伯对工作认真负责,是群众口中肯实干、有担当的好书记,踏踏实实为群众服务办事,用真情书写了一名基层干部的责任担当。他的行为也鼓舞了而故力切。他回忆当年父亲工作的场景时说道:"印象里我家从村子到县城,每天都有因各种事情来找我爸爸解决困难的人,他没有一个固定的上班或者休息的时间。只要有事情,村民们就打电话给他,或者就直接到我家来,解决完问题后,爸爸还要留他们在家吃饭,我家过年杀的猪,经常没几个月就吃完了。我当时在想,究竟是一种什么样的精神在支持着我的父亲,让他毫无保留地奉献自己。当我问他时,他只说干了这份工作,这些就是应该要承担的责任。"

受父亲影响,而故力切在 2019 年 6 月从广安职业技术学院应用电子技术专业毕业后,并没有选择外出务工,而是选择回到金阳建设家乡。毕业后的他放弃了留在西昌市工作的机会。2020 年 6 月,他们一家搬迁到东山社区。他先是选择到社区幼儿园做老师。工作半年后,他了解到社区社工站在招聘本土社工,在详细了解了社工的职责、理念后,毅然选择加入社工队伍。怀着留在社区和帮助他人的初衷,通过递交简历、面试、试用等环节,在社工站驻地社工的培训和支持下,他正式成为一名本土社会工作者。说起为何选择做一名社会工作者而不是幼儿园老师时,而故力切解释说,虽然幼儿园的工作稳定、清闲,也有不错的收入,但是总觉得自己还能够为社区做出更多的贡献。他在做幼师期间他看到了许多需要关爱和帮助的留守儿童,但是却没有途径和能力为他们提供更多的支持和服务,因此他一直在寻找一份能够切实帮助和服务社区儿童的职业,社会工作的理念与他的职业规划非常契合。

2020 年年初,金阳县委需要一批基层工作经验丰富,在群众中能立威立信的党员干部到新建的易地扶贫搬迁社区担任党小组书记。在组织部负责人找到而故拉伯后,他毅然承担起了党和政府交给他的新任务。而故拉伯回忆起搬迁入住的头一个月,居民们并不适应城市社区生活:有的居民记不清自家的楼栋、门牌,错把别人家认作自己家;有的居民不会用电或煤气做饭;有的居民因不了解垃圾如何处理,造成下水管道的堵塞……按他的话说就是:"这家出完事那家出,那家事处理完马上下一家就会有事找我。"于是,他奔走在各个楼栋之间,

"居民一个电话过来，我经常是跑都跑不赢"。

而故力切则不同，他在本土社工站工作时，常常为自己的职业发展感到迷茫和困惑。我们和而故力切交流时，他说："做本土社工这一年多的时间，我的收获还是非常大的。我也愿意为了这份职业留在社区，而且我的家就在这儿。都说成家立业，但是一个月1 800元的工资，我确实不晓得咋个成这个家。"不过，而故拉伯经常开导而故力切。"我爸爸说，他一个月只有1 200元的工资，日子不也一样过下来了。眼下的工资没有那么重要，只要这份工作是对我们社区好的，为居民办实事的，而且你也喜欢，那你就好好做下去，不要想那么多。"父亲而故拉伯身体力行，教育儿子要坚持为社区及社区群众争取福利、排忧解难。

在居民刚搬迁入住的那段时间里，而故拉伯经常是24小时待命，一听说哪户有困难便直接赶到现场为群众尽快解决。为了让搬迁群众睡得安心，他还报名参加了东山社区治安巡逻队，每天夜晚在街道维护社区治安。在他的不懈努力下，第八党小组管理下的居民们较快地适应了新生活。"因为小朋友们周一到周五要上课，我们有些活动，比如儿童议事会的讨论经常是在周末开展的。"而故力切在父亲的感染下，周末也频繁出现在本土社工站，开展活动毫无怨言。社工站负责人王立伟表示："他这一点蛮好的，我腿脚不方便，一般都是叫他帮我跑腿，他也不抱怨，事情一安排马上就去做了。"

自从搬迁入住社区以来，为了确保返贫监测、疫情防控等居民信息的准确性，在各楼栋长将信息汇总后，而故拉伯还要拿出自己原先收集整理的数据一一核对，对有较大出入的信息还会再次入户进行核实，保证上交的每一份表格内数据的真实性。5个楼栋150多户居民的原始数据，采用手写录入的方式往往费时费力。"我爸爸经常搞材料搞到半夜，我看到着急，就用社工站的电脑帮他录，刚开始他不乐意，录了一些之后，他发现核对起来确实要更方便一些。"通过使用先进的办公软件，而故拉伯的日常工作负担有所减轻。但是，而故力切也有自己的苦恼之处"简单的我还能帮他搞定，但是有些复杂的，还是要找王哥（社工站负责人）帮忙。"

2020年11月12日，东山社区举办彝族年文艺汇演活动。在本次活动中，而故拉伯作为党小组书记，也参与到居民动员与节目遴选环节。在社工站出谋划策、社区"两委"积极动员的协力合作下，前期报名的节目高达30余个。而故拉伯很纳闷："怎么平时开展活动不见居民有多积极，这次汇演居民的参与度这么高呢？"儿子而故力切以其专业的社会工作视角回答了这一疑惑："王哥（社工站负责人）和川大的社工老师知道咱们居民搬下来以后，是想要有个活动大家一起热闹热闹、高兴高兴的。而且，他们也抓住了彝族能歌善舞的民族特点，所以活动就办得很成功呀！"

而故拉伯在日常工作中也关注到社区老年人群体的情感需求。2022年9月，而故拉伯在东山社区社工站组织了一场社区老年人集体生日宴，把当月过生日的老人集中在一起，联合社区工作人员以及社区居民共同为老人们过生日，吹蜡烛、切蛋糕、表演节目，为老人们送去祝福。参加活动的老年人很感动、很幸福，社区居民看到这样的氛围也表示很温馨。在一件件的小事中，而故拉伯逐渐意识到，传统的"从群众中来，到群众中去"的工作路线，远远不止天天和群众待在一块那么简单。而故力切言语中透露出的"现代化的社会工作理念"，强调准确把握群众的心理需求、潜在需求、群众的问题情况及优势资源（特长）以及多方联动与合作等，无形中也能够扎实推进党的基层群众工作。

三、展望与建议

展望未来，我们有以下建议。

第一，持续提供本土社工的培训督导，支持后续项目。本土社工上任不到两年时间，对于现代化的社会工作理念还是专业实务技巧的掌握，尚停留在较为浅层的理解和实践阶段。唯有政府购买项目、持续发力，促进本土社工站扎根社区，同时加强高校督导团队的专业理念及技术支持力度，才能有效帮助本土社工真正认同、吸收学习并内化社会工作的专业价值与实务技术。

第二，完善本土社工人才培养体系建设，明晰本土社工职业发展路径，提高本土社工人才薪资待遇，从而降低本土社工人才流失率，稳定本土人才队伍，真正实现本土社会工作者可持续的培养发展之路。

第三，加强社区"两委"与社工站资源联络与工作机制，构建社会治理共同体。为持续推进政府、学校、社会组织协同共促，持续提升易地扶贫搬迁安置社区治理水平，需要在党的坚强领导下，加强政府和社会各界的支持，保障东山社区基层治理与社工站可持续运营，加强社区干部社会工作理念与方法的培训，使易地扶贫搬迁安置社区治理逐步减少对外部驱力的依赖，促进社区治理体系与治理能力的现代化，激发当地居民参与社区治理的内生动力，满足居民更高层次需求，促进居民全面发展，从而构建"人人有责、人人尽责、人人享有"的社会治理共同体。

四、案例评论

本案例体现了彝族家庭优良家风的传承，凸显了家庭文明建设与扶助易地扶贫搬迁安置社区居民全面发展的重要意义。培育文明乡风、良好家风、淳朴民风是把移风易俗落到实处的重要做法，而良好家风是基础。案例中的而故拉伯重视教育，服务群众不计较个人得失，踏实工作的行为实践影响着下一代，使得年轻一代在其影响下，也不计个人得失，积极投身社区服务工作。

而故拉伯与而故力切父子在易地扶贫搬迁社区这一特殊空间下相互学习工作经验与方法，共同致力于社区治理与服务能力升级。反映的是易地扶贫搬迁社区在四川省民政厅领导下，在政校社协同努力下，扎实推进社区治理水平的提升，构建起多元化的社区治理组织模式，是促进易地扶贫社区治理体系现代化的初步探索，也是构建社区治理共同体理念指导下的东山创新。

高校助力易地搬迁社区

—— 西南石油大学专业服务力量介入的案例分析

撰稿人：西南石油大学"彝路相伴"项目工作组

一、案例背景

距离越西县城不远的易地扶贫搬迁城北集中安置小区，是越西县最大的集中安置点，并且它有一个很温暖的名字——城北感恩社区。城北感恩社区于2018年4月动工建设，于2019年10月底全面建成并完成入住。社区占地253亩，集中安置17个乡镇37个村，建档立卡1 421户6 660人。

城北感恩社区内新建安置房25栋，共60个单元1 440套，建筑面积12.9万平方米，并配套建设了管委会办公区、文化室、警务室、村民活动中心等公共服务设施，同时还修建了室外健身场所、扶贫车间等。除此之外，城北感恩社区具有较丰富的高校介入资源，四川大学、华中科技大学等各地的高校师生均到社区开展过实践活动。其中，西南石油大学自2020年起就一直在越西县实施四川省民政厅的"彝路相伴"三年行动计划。作为西南石油大学法学院对口帮扶的易地搬迁社区，学校社会工作专业服务队连续三年来到城北感恩社区，坚持发挥学校的专业智力和人才资源优势，协助社区开展各项服务工作，积极助力社区实现有效治理，推动越西乡村振兴谱写新篇章。

二、高校专业力量进社区：服务过程与效果

（一）"移风易俗条例"进社区

"火把节"是彝族的传统节日，如今搬迁群众将其搬进了新社区，并加入了舞蹈、泼水等形式来庆祝。这是顺应新生活的体现，也是民族文化的传承与坚守。新社区新面貌，优秀传统文化也得以传承，但也有部分不适应新时代发展需求的文化仍存在于人民生活中，譬如高价彩礼。为有效推动移风易俗工作，

倡导和弘扬时代新风，凉山州政府颁布了《凉山彝族自治州移风易俗条例》。自此，移风易俗工作的开展有了政策依据和保障。

西南石油大学社会工作服务队和城北感恩社区"两委"班子在推进移风易俗工作中不谋而合，有意借助传统火把节之机，开展一场移风易俗主题宣传活动，用彝族人民喜闻乐见的形式给社区居民留下一场印象深刻的"游园会"活动。服务队聚焦"凉山州婚嫁彩礼最高不得超过 10 万元"这一关键点，将条例与游戏结合起来，将两套数字 1～10 的卡牌混合，随机抽取 3 张卡牌后，若其相加小于等于 10 则获胜。活动现场，大家头顶骄阳，仍要排队一试，到了活动尾声，仍然有许多人期待着自己能盖上过关的印章。

这场"彩礼比大小"游戏的宣传效果远超预期，一位居民说道："原来这个游戏就是告诉我们要自觉抵制高额彩礼啊，经过这个游戏我记住了"。"这个宣传效果这么好，以前经常给大家讲、给大家发资料，效果很不明显，看来还是要用贴合居民生活的方式进行宣传呀"，当地社工机构负责人看了活动现场后发出这样的感慨。

除了对抵制高额彩礼进行宣传之外，西南石油大学社会工作服务队还设计了垃圾分类游戏——套中哪个垃圾便要回答出它属于哪类垃圾。由于趣味性十足，游戏深受社区小朋友们的喜爱，每答对一个就会迎来一片掌声。"游园会"活动结束几天后，在西南石油大学社会工作服务队的支持下，当地社会工作机构趁势举办移风易俗知识竞赛活动，此活动全程使用当地语言主持开展，更亲切、更方便地把移风易俗内容普及给社区居民。

（二）暑期课堂更有"社工味儿"

"哎呀，你快点！要迟到啦！""还……还早。"初升的太阳光芒透过整齐漂亮的楼房，洒在还在路上拉扯的两位小女孩脸上，不了解情况的路人可能还在疑惑，这大暑假的孩子们急着干啥呢？党群服务中心隐隐飘来"还有 5 分钟就要上课啦！"的声音，孩子们正要去的其实是社区的七彩"益"课堂。

对于社区而言，数量庞大的儿童群体是治理中绕不开的话题。而如何能让孩子们度过一个有意义的暑假，则是服务队来到社区的第一份任务。在社区"两委"的指导下，服务队决定延续社区去年开展的暑期七彩"益"课堂，不过，作为社会工作专业的学生，服务队的队员自然要让课堂变得更加有"社工味儿"。

在课堂开始之前，服务队成员积极向社区工作人员了解社区儿童以往参与社区活动的情况，同时深入社区，通过家庭和焦点座谈的方式了解儿童的服务需求，并将收集到的信息进行梳理、筛选，准确把握社区儿童的课堂需求。在此基础之上，服务队与社区工作人员、团委老师、志愿者等多方力量进行商讨，共同设计七彩"益"课堂的课程安排，以充分发挥感恩社区多元主体协同治理的优势。在课堂中，有时难免会出现一些矛盾。"老师，××他打我！"一位小朋友哭着向服务队成员"投诉"。当课堂出现冲突时，服务队成员没有表现出责怪的态度，而是使用倾听、同感等个案技巧引导儿童表达自身想法，探寻冲突背后的原因，从源头处解决问题。"对不起，是我做错了。"看到小朋友诚恳地道歉，闻风赶来的社区工作人员松了一口气并向服务队成员竖起了大拇指。在课堂结束后，服务队成员联合社区工作人员精心设计了结业表演大会。所有的表演节目均由小学员们自行准备，绘画、舞蹈等丰富多彩的节目充分展示了他们在儿童课堂中学到的技能，也为西南石油大学社会工作服务队暑期两个月的工作画上了圆满的句号。

"以社会工作的专业理念与知识协助社区治理，助力感恩社区儿童成长多样化，正是我们此行的目的之一。"服务队成员詹智昊说道。服务队虽然离开了，但服务的成果却深植在社区当中，社区工作人员伍加感慨道："我们社区工作人员每年最头疼的就是如何能够有效利用儿童暑期的问题，西南石油大学的各位同学真的让我们学习到了很多的经验，也让我们见识到了社会工作的专业力量。"

（三）小小榜样参与社区治理

某天，社区工作人员拉着一位大学生志愿者介绍道："这可是我们社区的'老熟人'，'高考明星'木库彻妞木，去年还是通过你们服务队的挖掘，我们才发现社区还有这么多年轻的人才！"原来他说的是上一批西南石油大学社会工作服务队在2021年暑期组织开展"高考明星"活动的事情。"高考明星"活动就是将社区中努力奋斗，通过高考改变人生命运的青年寻找出来，征集他们的奋斗故事，传播正能量，影响更多社区青少年。如今，这些"高考明星"回到社区后，也会主动参与到社区服务中。

木库彻妞木在高考中取得了539分的高分，在国家政策扶持以及社会工作服务队的影响下，她最终选择进入西南石油大学完成大学学业。在大一的暑期，她回到家乡，活跃在社区儿童课堂中。当被问到为什么要做这件事时，她兴奋地说："我想把自己在大学中见到的、学到的都分享给我们社区的儿童，希望他们都能通过自己的努力飞出大山学习本领，然后再将自己的一身本领用在家乡的美好发展中。"她说这话时，眼里闪着光。

在儿童课堂进行到一半时，我们的队伍中又出现了一些"新面孔"，原来他们是今年的高考学子，在高考成绩和分数线出来后，褪去激动与兴奋，纷纷联系社区，加入到儿童课堂中。平特越步莫就是其中的一员，为了能够顺利考上大学，她不得不暂时搁置自己喜爱的舞蹈，直到分数线出来之后，她终于能够重拾爱好，并在课堂中教给儿童。"咱们这里的孩子在学校学习的内容就只有语文和数学等学科，很多孩子羡慕电视上的孩子能够上各种各样的兴趣班，我在这里教他们跳舞，他们很高兴，只想学一点然后再多学一点。"

在今年的录取结果陆续出来后，社会工作服务队再次组织了"高考明星"活动，今年成功考上大学的社区青年比去年翻了一番，他们既是社区的荣耀也是社区的榜样。在他们的影响下，社区对孩子的教育尤为重视，社区也被赋予"书香社区"称号。一批又一批这样的年轻人无私地投入到社区治理之中，为社区的美好未来贡献青年力量，不断践行与丰富着感恩社区的精神内核。

用生命影响生命，以价值点燃价值，新一代的社区年轻人正发光发热，搬迁社区的美好新生活时刻发生着。

三、展望与建议

社区治理有了高校专业力量的加入，实现了现代专业社会工作理念与彝族本土文化的有效融合。西南石油大学"彝路相伴"团队在这里开展了搬迁社区居民喜闻乐见的社区活动，将文件上一条条规整的条例通过活动的方式生动地呈现在居民面前，拉近了民众与法律条例的距离，使其更容易被接受。他们还根据社区儿童的实际情况，结合专业理念和方法，将课堂变得五彩斑斓，有趣、有情、更有"社工味儿"。同时，他们紧抓社区现有优势资源，挖掘社区青年新生力量，带动社区青年参与到社区治理中。

社区在地化力量的挖掘的确能够发挥独特的价值，但不可否认，搬迁社区的治理融合还需进一步推动发展。展望未来，我们有以下建议：第一，动态发展是关键。需要明确的是易地搬迁社区在不同的时期会面临不同的困境与挑战，我们需要秉承动态发展的眼光和视角看待问题，密切关注社区居民不断变化的需求，并以此为依据不断调整社区治理方向和服务方案。第二，多元治理是重点。我们还需要联动更多的高校师生的力量和资源进入社区，同时链接其他社会组织、企业以及政府部门等，运用丰富多元的专业方法和理念，为社区治理出谋划策，助力越西城北感恩社区的融合与治理，推动乡村振兴发展。

四、案例评论

本案例充分展现了西南石油大学社会工作服务队在易地搬迁社区中，如何运用专业社会工作手法开展社区治理的特点。服务队善于运用专业知识和技能，充分调动社区各方力量，促进社区有效治理。首先，社会工作服务队深入了解社区居民的需求，结合民族文化传统开展移风易俗主题活动，既传递了政策信息，又提升了居民参与感和认同感，这展现出社会工作服务队扎实的社区需求评估能力和实际服务能力。其次，社会工作服务队与社区多方力量合作，设计开展暑期儿童课堂，不仅关注知识的传授，更注重过程管理，体现了专业社工的综合能力。再次，社会工作服务队发现并培养社区中考入大学的"高考明星"，让这些居民家中的"高考明星"成为社区建设的主力军。这种榜样力量不仅可以激励更多青少年，也让社区治理充满青春活力。综合而言，西南石油大学社会工作服务队与社区形成了良性互动，实现了资源共享、动力互补、共同发展。这为易地扶贫搬迁社区治理提供了专业化的示范模式。值得强调的是，西南石油大学社会工作服务队在传递专业知识的同时，也擅于向居民学习民间智慧，实现了专业知识与传统智慧的双向流动。

从服务对象到助人者

—— 美姑搬迁社区青年服务队的培育

撰稿人：周诺今

一、案例背景

凉山州美姑县牛牛坝镇易地扶贫搬迁社区，是美姑县最大的易地搬迁社区，包括了西荣社区和北辰社区，两个社区集中安置了全县 9 个乡镇 11 000 余人。西南财经大学"彝路相伴"团队从 2020 年开始就在西荣和北辰两个社区开展服务。团队始终坚持以人为本，坚持运用优势视角的理念开展服务，挖掘社区本土儿童、青年的自身力量优势，增强其自信心，激发他们投入到社区建设和社区治理中。通过一次次的实践活动，西南财经大学"彝路相伴"团队在牛牛坝镇西荣社区和北辰社区挖掘了一批又一批的社区有志青年，鼓励他们参与到社区志愿服务中来，并在志愿活动中发挥自身的价值。

二、社区青年力量：挖掘与培育

"从疫情防控宣传、新冠疫苗接种摸排，到防汛减灾排查活动，都离不开每个志愿者的辛苦付出。以前自己孤身一人做活动心有余而力不足，感谢西南财经大学师生们的指导，为我们社区留下一支志愿服务团队。"社区工作人员宋晓红这样说道。宋晓红口中的志愿者，正是北辰社区和西荣社区的居民，他们大多是在读的大学生和高中生，他们带着满腔的热忱和激情参与社区服务，在服务过程中坚守初心，不断收获和成长。

（一）明确初心：加入社区志愿服务

石则而力是北辰社区的居民，从 2021 年暑假开始参加易地扶贫搬迁社区青少年成长引领计划。2022年高中毕业的他，成为北辰社区第一个考上本科院校的"体育特长生"。在服务团队的引领下，他逐渐成为社区青年志愿服务队的骨干人物，他既是青年之家"四点半课堂"的"体育老师"，还带头组织青年志愿者为社区楼道和老年人家中更换灯泡、关心慰问特殊困难群体，为社区的良性发展出谋划策，深受社区居民的欢迎。否则而力常说自己是社区的一员，"我在这生活了20多年，如果我能做些什么让我的家乡变得更好，我一定会竭尽全力。遇到'彝路相伴'团队，结识了很多优秀的人，这也坚定了我一定要考上大学的决心。每一次社区的活动我都不想错过，服务居民，也让自己得到成长，这是我的初衷。"

像石则而力一样的大学生青年志愿者在北辰社区还有40多名，他们已成为社区里最靓丽的风景线。曲模五果也是其中的一员。五果的志愿服务始于暑假与"彝路相伴"团队的一次不期而遇。从问卷调查开始，五果逐渐接触到社区青年之家，在这里，他可以发挥自己的体育专长，教给社区孩子们专业的体育课程。五果提到，由于在学校长期缺乏足质足量的体育课，社区的小孩儿们都十分开心能够接触到这么专业、系统的体育课程。五果还跟我们讲述了在志愿服务结束时，孩子们自发写给他的小纸条，这让他备受感动和鼓舞。

说起从事志愿服务的原因，五果讲得很简单：就是喜欢和小孩子一起交流，加上彝区的教育本身就比较落后，每当看见孩子们对未知的渴求，心中总会十分触动，希望以后孩子们都能学有所成，有更美好的未来。五果总说离别是一件伤感的事，自己不习惯分离。在分别之际，五果在朋友圈写下这样一段话："离别只是短暂的分离，相见时不问过去不问将来。这个暑假是我过的最有意义的一个暑假，做着看起来微不足道的事，但也在感染着每一个人，跟着这群朋友收获了许多，希望我们的希望都有希望。"

志愿者们参与社区服务的初衷各有不同，有的想要为建设社区出一份力，有的想要锻炼自己的能力，有的不想虚度时光，有的想交到志同道合的朋友……无论出发点或同或异，大家都在坚定初心，齐头并进，在一次次服务中不断收获与成长，不辜负这场热烈的青春。

（二）收获成长：主动参与社区治理

吉可则福是一位帅气阳光的大男孩，在他的好朋友海来惹哈的带动下，他接触到志愿服务，用他自己的话说就是"与'彝路相伴'是一次不期而遇"。

在一次活动中，他分享了自己的志愿服务经历和感悟。他提到在进行问卷调查的过程中遇到了很多难题，在服务过程中会被居民误以为是政府来调查或者来发钱的，并且如果涉及关于收入的问题，居民往往不会如实回答，这让他感到十分困惑。刚开始参与志愿者培训、社区活动时，则福话很少，大多数时候只是默默倾听、默默地做自己的事。随着大家越来越熟悉，参与的活动越来越多，他渐渐会主动分享有趣的故事，给大家讲解彝族的传统文化和当地的风俗。在后来的"移风易俗"交流会上他讲述了身边的实例："我认为移风易俗非常有必要，彩礼要几十万，奔丧要送几头牛，说到底这些其实就是因为虚荣心，大家互相攀比。现在取缔了天价彩礼，给大家减轻了压力，我们这一代一定不会再延续这样的陋习。"这似乎是则福改变的一个转折点，在后来的小组活动、文艺晚会、化妆晚会等活动中，则福在遇到有疑问的居民时，会耐心地向居民解释缘由，遇到棘手的问题能冷静适当地处理，主动关注居民的状况，及时反映社区存在的问题。

在谈到志愿服务过程中的体会和收获时，则福说自己印象最深刻的活动是给社区老年人过集体生日，"社区的很多老年人从来没有过过生日，当我看到那些老人一起笑着吃生日蛋糕的时候，脸上洋溢着幸福和满足，我就觉得这个活动，以及我们做的一切，都是很有意义的。"志愿活动让他更加了解自己所生所长的社区，学会了关心老年人、关爱长辈，也关注社区儿童的发展，同时，自己的语言和表达能力、人际交往能力都得到了很大的提升。志愿服务对于他而言，包含着在活动中对弱势群体的关怀，以及在一次次服务中逐渐建立起来的信任。

还在读高中的伍乐是一个很腼腆的彝族女孩，在团队里总是默默无闻。刚开始她总是走在最后面，很少主动跟别人讲话，有时一讲话就会脸红，但几乎每一次活动都不曾缺席。她觉得自己不是一个主动、积极的人，很少表达自己，于是每次大家都会鼓励她主动分享自己的看法和感受，比如鼓励她分享在这次志愿服务中遇见的优秀的人，并给予她积极的回应。在她看来，这些都给了她莫大的勇气，让她能够在后来的活动中主动表达自我。令大家印象最深刻的一次，是伍乐说自己每次从学校回家都能感受到社区发生着日新月异的变化，尤其是社区的人居环境和居民们的卫生习惯变化特别大。以前大家没有垃圾入桶的观念，各种生活垃圾随意丢弃，随地大小便，环境十分脏乱差。志愿服务活动给社区注入了新的观念，潜移默化地改变着居民的行为方式，这些新的观念、行为逐渐在社区里生根发芽、开花结果，于是就有了每一次回乡肉眼可见的巨大改变。伍乐说自己感触最深的一次是听北辰社区的书记作关于移风易俗的分享，他的口才和独到的见解给了伍乐很大的启发。她深刻地体会到了语言的艺术，认识到学历的重要性，"因为遇见优秀的人，所以更加坚定了自己也要变优秀的决心。"

量的积累会有质的飞跃，每次活动中细微的转变和少量的收获，最后都将汇聚为成长的巨大能量。

（三）美好期盼：在志愿服务中明确未来

吉可火搭和吉可火革是一对双胞胎兄弟，但两人性格迥异，哥哥火搭成熟稳重，弟弟火革幽默活泼。吉可火搭也是一名在校大学生。他对志愿服务活动十分热情，每一次活动他总是冲在最前面，每一次谈起自己在"彝路相伴"项目中的收获时，他的眼里总闪烁着光芒。他曾无数次说起在牛牛坝中学与"彝路相伴"项目带队老师李权财偶遇的经历，后来受李老师之邀参与问卷调查，逐步走上志愿服务之路。

最初参与志愿活动时，火搭很紧张，担心自己经验不足，做不好服务，很忐忑和畏惧。但在熟悉了服务内容，与大家不断磨合后，他逐渐变得独立、自信，能够独立想办法与服务对象沟通，解决工作中的问题。而对于火革来说，参加志愿的收获除了有自身的成长，更多的还有对未来的期待。"这段时间的志愿服务，让我知道了志愿者在社区服务中发挥的巨大作用。我们作为志愿者中年轻、有活力、有热情的成员，要努力提升自己，努力在服务中发光发热，为居民提供更好的志愿服务，就算西南财经大学的团队离开了，我们仍然可以继续为社区服务。"

火革认为做志愿服务最重要的就是开心快乐地去服务大家，做一些对社区有意义的事情，并在这个过程中认识一些志同道合的人，交三五好友，收获真挚的友谊。火革还表示："在参访美姑县脱贫攻坚陈列馆时我感触特别深，我意识到脱贫攻坚能够取得现在的成果，我们能过上这么幸福的生活，是很多先辈共同努力的结果。我也更加明白了志愿服务的意义，待到学有所成之时，一定会回来建设我们的家乡，肩负起自己的责任，相信在我们的共同努力下，社区会变得更美好。我们青年一代更应该肩负起振兴中华的使命和推动民族进步的责任。同时也希望自己能够在服务过程中不断提升个人的社交能力、学习能力，将个人发展与社会进步相结合，做新时代的好青年！"

三、展望与建议

西南财经大学"彝路相伴"团队抓住社区新生力量，采取外生加内生相结合的方式培育社区青年服务队，有效激活了社区活力。但要想社区青年服务队能够进一步发展传承，不断延续下去，有以下两点建议。

第一，增强专业性。在招募到有志青年后，团队需要重视社区青年服务队成员的中后期培育，建立完善的培训机制。一方面是赋能，即给这些社区青年有效赋能，让他们在参与培训的过程中不断增强自身能力，增强自信心；另一方面是提升能力，即提高他们对社区情况的了解程度，以及在提供社区志愿服务时的综合能力。以此源源不断地为社区建设注入新的智慧和力量。

第二，巩固可持续性。在社区青年志愿队招募培育工作有序完成后，还需重视建立系统完善的激励机制。例如，可通过志愿积分兑换、爱心超市等，使志愿者得到切实的奖励。还可以通过定期的模范总结表彰会，对表现优异的青年志愿者进行表彰，这既是对社区青年志愿者工作和精神的肯定，也是对志愿服务社区精神的嘉许，同时还能激发其他社区居民积极参与社区治理的热情。

四、案例评论

本案例生动展示了西南财经大学社会工作服务队，在开展易地扶贫搬迁社区治理行动中，充分利用社区本土青年志愿服务资源进行社区治理的尝试和成效。西南财经大学社会工作服务队组建起本土志愿服务队，不仅发挥了社区本土志愿者的专长和热情，丰富了社区文化生活，提升了社区服务水平，还培养了一批扎根社区、热爱社区、服务社区的青年人才，为社区的治理留下了一支带不走的服务队伍。西南财经大学社会工作服务队立足社区需求，开展志愿服务，既满足了居民需求，又提高了社区本土志愿者的参与感和成就感，实现了多方共赢。由于搬迁社区居民原有的文化生活较为匮乏，志愿服务队便通过开展特长培训、文体活动等形式，丰富社区居民的精神文化生活，提升社区居民的获得感与参与感，这对促进社区居民的交流与融合具有积极意义。与此同时，服务队的组织方式灵活，坚持让青年志愿者充分发挥主观能动性。服务队积极挖掘并重视本土志愿者的专业知识优势。比如，体育、文艺等专业的学生开设相关兴趣班，传授技能。这种能动性的组织方式，能更好地调动志愿者的服务积极性，实现个人发展和社区治理的结合。案例中的志愿者在参与过程中增强了自信，提升了人际交往能力，并产生了回报社区的决心，实现了社区治理"外生＋内生"的良性互动。未来可通过完善培训机制、总结表彰等形式进一步培养社区本土志愿者，使之成为社区建设的生力军。

彝欣社区树新风积分超市
—— 有效激励和发挥居民主动性的案例分析

撰稿人：彝欣社区居民委员会

一、案例背景

喜德县彝欣社区由于搬迁户多、涉及面广、问题复杂，管理难度非常大。自四川省民政厅为凉山州量身定制的"彝路相伴"三年行动计划"扶上马、送一程"的民生工程启动以来，彝欣社区针对后脱贫攻坚时代"搬得出、稳得住、逐步能致富"的新要求，坚持以"服务新对象、解决新问题"为目标，以党建引领为核心、多元参与为途径，创建"一核四治"模式，有效推进社区良序善治。如何成为管理有序、服务完善、邻里和睦的美丽家园，最重要的一点就是依靠党建引领，党员、干部上下齐心。社区党委充分调动不同层面治理主体的积极性，引导党员、居民代表、志愿者等骨干力量积极参与社区治理，形成了党建引领下的自治、法治、德治、智治良性循环的生动局面，打造了"四治融合"的彝欣社区样本。彝欣社区"树新风积分超市"就是社区"两委"积极探索易地扶贫搬迁安置点，党建引领基层治理与乡村振兴共同富裕的新路径和亮点工作之一。

二、树新风积分超市的建立与居民的反馈

在树新风积分超市的相关工作中，主要采取"望闻问切"四步工作法。

一望，在需求。通过前期主动调查社区群众的需求，形成需求清单，采取群众需要什么，我们就兑换什么的方法，改变过去社会捐赠什么我们就分发什么的情况。2022年以来，社区共收集到如文明劝导岗、环境卫生监督岗、义务

巡逻岗等 9 个岗位需求，以及包括电器、生活物品、学习用具在内的 600 余件物资需求，据此建立了需求清单。

二闻，找资源。按照需求清单，积极对接党政部门、社会组织、慈善机构、爱心人士，实现群众需求和社会资源无缝对接。截至 2021 年年底，社区对接东西部协作办补充积分超市物资 5 万元，其他党政部门、社会组织物资价值 60 余万元。

三问，在细则。通过制订、完善《积分管理办法》，分类细化积分奖励项目，制订了五大类共 70 余项的积分种类。一是"创新创业类"，如通过自主创业增加收入，发家致富的加 100 分。社区群众通过租用商铺门面，开设农家乐、茶楼、服装店、早餐店等，自主创业达 75 家，拓宽了群众收入渠道。二是"教育发展类"，如子女考上一本大学的加 500 分，考上二本的加 300 分，考上专科的加 100 分，考上"9+3"职业教育的加 100 分。2021 年，社区已有大学生 178 名。三是"生产发展类"，如掌握一项劳动技能，获得厨师、建筑、装修等技能证书的加 100 分。自 2021 年以来，社区群众通过厨师、家政服务、钢筋工、砌筑师等就业技能培训，共有 1 2 4 名合格学员被推荐就业或自主就业。四是"移风易俗类"，带头推行低价彩礼、丧事快办简办的加 100 分，反之倒扣相应分值。五是"综合类"，包括环境卫生、社会治安、遵纪守法等。在细则规定下，社区群众严格遵守相关居民公约、移风易俗条例，未发现大操大办、高价彩礼等行为。

四切，在振兴。通过积分激励制度，我们的目的不再是过去单一的分发物品，满足群众的基本生活需求，而是通过实施积分活动，改变过去群众对社区的不信任、不认可的局面，从而增强社区凝聚力、向心力和吸引力，让社区居民相信社区、认可社区、愿意跟着社区走，并形成党委号召、党员扛旗、能人引领、群众跟随的党建引领工作格局。自积分超市开展以来，社区群众在超市兑换物品 1 000 余件，参与活动 5 000 余人次，极大地激发了群众内生动力。

说起积分超市，不得不提在彝欣社区有这么一位热心居民，他叫吉五木格，38 岁，皮肤黝黑，瘦瘦高高的，可以说每天起得最早、睡得最晚。自搬到彝欣社区来后，他把社区内发生的事都当成是自己的事来对待，经常协助社区做群众工作，帮忙修理水电、养护花草等。特别是在社区建立树新风积分超市后，他的积极性更强了，不仅自己经常参加社区活动，还主动带领社区居民参与社区志愿服务，并积极宣传树新风积分超市的好处。

当然，像吉五木格这样在社区里参加活动和服务的居民非常多，特别是社区里面的老年人、妇女和小孩，他们能在社区积分超市兑换到他们平时用得上的，或舍不得买的物品。社区"两委"通过建立群众的需求清单，对接资源，引导和鼓励社区群众参与社区基层治理，创新方式方法，逐步建成了一个美丽而幸福的社区。

2021年12月31日，在喜德县彝欣社区"树新风积分超市"门口，聚集了众多社区居民，他们拿着红色的积分存折，有序地排着队，准备用自己平时的文明行为换来的积分，兑换生活用品，现场十分热闹。

"我平时积极参加社区组织的各种活动，如给社区街道打扫卫生、清扫垃圾、倒垃圾等，社区工作人员就把我这些行为记录下来，换成积分。今天我用这些积分兑换了洗衣粉、杯子等生活用品。"村民吉勒呷呷高高举着刚从积分超市兑换来的洗衣粉说道。

自2021年以来，彝欣社区为开展"树新风促振兴"家庭家教家风行动，采取了多项举措。社区鼓励社区居民遵守法律法规和村规民约，积极参与社区组织的各种活动。同时，社区积极开展"洁美家庭""洁美社区"等卫生社区创建活动，发扬尊老爱幼、志愿服务等传统美德，提高内生动力，鼓励他们依靠自己的双手创造幸福生活，从而提升群众幸福感和获得感，并为此建立了"树新风积分超市"。

超市按照社区居民平时参与村集体事务、义务劳动、打扫卫生、清扫垃圾、种植树林、绿色美化、社区容貌整治、帮助老弱病残、参与新时代文明实践志愿服务、移风易俗等活动时的表现，给予登记相应的积分，积分按季度或年度兑换的方式，给社区居民兑换生活物品。生活物品包括电冰箱、洗衣机、烧水壶、碗筷、洗衣粉、肥皂、香皂等家庭生活用品以及儿童衣服、围巾等衣物。"居民只要积极参与社区组织的活动，我们都要给他们计分。把自己家里的卫生搞好，我们也给他们计分。计分所涉及的行为多种多样，这都是为了提高居民的积极性和主动性，让他们更好地参与到社区管理中来，共建文明社区。"社区党支部书记阿体介绍道。在积分方式上，社区制定了详细的计分制度，有奖有惩。居民只要做了好事，就能获得积分，反之扣分，每一分都要登记在积分存折上，居民可以一个季度兑换一次，也可以到年底时累计兑换。1个积分的价值等于1元，按照物品的价值来制定积分分值，与相应的分值进行对等兑换。

"平时我做的也并不是很多，在社区里清扫垃圾、清洁街道，帮社区管理事务，做好自己家里的卫生，这些其实都是我们自己应该做的事。以后我会更加自觉、更加主动地参与到社区文明新风创建当中来，共同建设美丽社区。"住在38栋的老人阿说何呷邀请了两位邻居帮着他抬回一台崭新的洗衣机。一年来，阿说何呷老人主动找到社区管委会，参与义务劳动。社区开展活动，他主动来帮忙；社区街道垃圾多了，他主动清扫；邻居遇到困难，他主动送去关爱。他的这些行为，被社区工作人员一一记录了下来。1分、2分……越积越多，到2021年年底，他的积分累计超过4 000分，拿到超市兑换了他家里急需的洗衣机，这对他来说，既是劳动获得的成果，又是关爱关心的温暖。用劳动积攒积分，用积分换取物品。积分超市为居民带来了满满的幸福感与获得感。

三、展望与建议

彝欣社区积分兑换超市运用社会工作专业理念，通过契合居民实际需求，创新积分激励机制，激发居民参与社区事务的积极性。基于此，提出以下建议：

第一，完善积分兑换机制。根据社区实际情况和居民的需求变化，不断调整、完善积分兑换机制。比如，除积分兑换生活用品外，也可以为高积分的居民颁发荣誉证书，从而更好地调动居民积极性。

第二，增强透明度。社区树新风积分兑换应始终严格按照制定好的《积分管理办法》进行公开公正的评分、公示。坚守初心，切实为彝欣社区树文明、立新风、塑新人，激活社区居民参与社区事务的主动性，为共建和谐美好新社区做好基础工作。

四、案例评论

本案例充分体现了社区工作者运用社会工作的专业理念和方法，推动居民参与社区建设的积极探索。打破了传统社区服务模式，转变了工作理念，赋予了居民主体性。具体来看，做到了以下几点：社区工作者发挥专业优势，调查摸底居民需求，打造平台；依托居民自身力量，创新积分兑换奖励机制，形成规范激励；发动居民参与社区事务，培育居民主人翁意识。同时，善于动员各方资源，整合爱心机构等社会资源，实现资源与需求的无缝对接，这展现了社会工作的协同网络参与理念，也使居民感受到来自社会各界的关爱与支持。再者，通过积分制度的设计与应用，居民自发维护社区秩序，自觉养成文明习惯，这是社会工作预防性和发展性服务的典型案例。积分制度的长效作用，将持续激励居民主动参与社区建设。

第三部分

暖心故事

情系美姑，为爱奉献
—— 记西荣社区本土社工果果

撰稿人：何雪颖

果果是美姑县牛牛坝镇西荣社区社会工作站的一名本土社工。作为易地扶贫搬迁社区治理行动的参与者，她表示："作为当地彝族的一分子，我觉得很开心能够帮助到族人。不管什么难事，只要用心去做，不管时间多长，努力做好该做的事情，结果总会让人满意。"

一、与社工初相识

果果与社工的相识是意料之外的缘分。2022年4月初，由于家中第二个孩子需要前往山下的幼儿园上学，为了方便照顾孩子，她辞去了干了四年之久的村医生职务，开始寻找合适的工作。那时正值易地搬迁社区社工站招募本土社工，抱着尝试的态度，她报名参加了招募考试，没想到从此踏上了社工之路。对于自己为什么从事这个行业，果果说其实最开始就是她不经意的选择。她最初并不熟悉社工行业，不知道是干什么的，也没有想过社工行业有什么前景。她说："就觉得这个工作在山下的安置点，方便就近照顾孩子，同时家人朋友也没有反对，所以就选择了这份工作。"

但对这份工作的认知变化发生在接触社会工作后的一个月里。在入岗培训期间，她了解到自己所在的社工站主要服务的对象有老年人、妇女、儿童等多样化的群体，社工可以通过组织开展各种活动帮助他们学习新知识、适应新环境等。经过一个月的实地培训之后，她很认同社会工作的价值理念，也更加熟悉社工的实务开展方法，更是深深地爱上了这份助人的工作。怀揣着社会工作的初心和价值观，她踏上了在易地扶贫搬迁社区开展社会工作服务的旅程。

二、参与社工服务

伴随着"彝路相伴"行动计划的持续推进，她快速地参与到各项服务活动中。她会经常入户走访，了解居民的多样化需求，评估社工能否帮助到社区居民。对于可以干预的个人问题，她会开展个案服务，比如心理疏导、陪伴案主或是协助案主解决问题。她经常组织社区儿童开展小组工作，促使他们养成良好的习惯。她也经常组织妇女开展趣味活动，比如组织社区彝族妇女跳达体舞活动。这是彝族自创的特色舞蹈，有极其广泛的群众基础和较好的娱乐性，可以用来活跃气氛，增强社区居民之间的亲切感。看着大家积极参与活动的热情、活动过程中的满足以及活动结束后脸上洋溢的灿烂笑容，她真正感受到社会工作是一个值得继续奉献的工作。

有两次服务是果果印象非常深刻的。第一次是疫情防控时，社工站组织的"发放洗手液"活动，让小孩子教大人如何运用"七步洗手法"正确洗手。有一位80多岁的老爷爷在发放完洗手液之后，很激动地拉着她的手，一直感谢她，并且跟她聊了很多，老人说："能参加这样的活动真的很开心，有专门的工作者帮助自己，很感谢这一切，感谢工作人员。"这让她觉得心里很安慰，觉得她做的事得到了认可和接纳。还有一次也让她记忆犹新，有一家孩子交医疗保险时名字登记错了，来社工站找她们帮忙。她们打电话去医保局，通过多种渠道，花费很长时间，最后把孩子的名字改了过来。这家人很感动，一直表示感激，这让她感到心里很温暖。在工作中辛苦是常态，但能得到老百姓的认可和接纳，她就觉得自己的这份工作是有价值、有意义的，这是最难忘的。

但是，社工服务过程并不总是一帆风顺的，也会遇到很多困难和障碍。她觉得最典型的困难就是，因外出务工等原因，在白天入户调查的时候会有很多人不在家，这就意味着后面要单独找时间再来。第二个比较麻烦的情况就是，有时社区居民会提出一些她们无法获取资源来帮助到他们的问题时，她们就会遭受居民的质疑，说她们根本帮不上什么忙，这让她们也会感到很无助。

三、融入社工之家

随着接触社会工作的时间越来越长，果果也逐渐融入"社工"这个大家庭，心系群众，愿意付出，想更进一步为大家办实事。西荣社区里有很多空地，这些规划的空地原本是为了种植绿植，以美化社区空间。但她觉得社区中居住的都是易地搬迁居民，他们在这里没有自己的土地，倒不如将这些社区空间利用起来，分配给社区居民种植蔬菜。这样，既为社区增添了绿意，又能够很好地解决居民缺乏土地种植的问题。如今，走在西荣社区里，随处可见社区居民们种植的辣椒、洋芋、茄子等蔬菜。她说："在做社工的这段时间，不管是与人沟通交流方面，还是处理问题方面她都学到了很多。"如今的她不仅能够用比较专业的知识去帮助需要帮助的人，并且也能让自己在工作过程中得到满足和快乐。社工服务经历带给她的不仅仅是知识经验方面的成长，更多的是一种心灵的慰藉，让她真正感受到社会工作专业倡导的"助人自助"的深层含义。她很庆幸自己当初选择了社工这个职位，让她能够尽自己的能力去帮助社区居民，帮助他们学到更多有用的知识，帮助他们舒缓不安的情绪，解决他们的问题。其中最让她感到开心的就是通过社工的服务，当地大部分居民已经了解到社工是做什么工作的，并乐于接受社工的帮助，并且渐渐认可社工以及社工的服务工作，她认为这是最有意义的收获。

四、故事评述

易地搬迁区群众的需求复杂且多元，需要专业社工进行精细化需求评估和差异化服务。在本案例中，一方面，本土社会工作者通过入户走访，了解各类群体的需求，如老人需要心理疏导，妇女需要文体活动等，这体现出社工要具备对多元需求的洞察力；另一方面，本土社工通过个案工作解决老年人的问题，通过小组工作丰富妇女生活，体现了社工需要综合性地掌握各种服务方法。此外，社工还应善于发掘本地资源和文化，创新工作手法。木案例中，本土社工组织了彝族传统舞蹈活动，这对增强居民的凝聚力具有独特效果。这反映出社工要因地制宜，进行本土化服务的探索。当然，专业社工服务需要持之以恒。面对误解，社工应保持积极态度，争取认可。面对困难，社工应不气馁，保持热情服务居民。这显示出社工必须具备积极乐观的态度，才能产生持久动力。综上，本案例通过一个本土社工的成长历程，反映出专业社工服务的一般规律，并体现了社会工作专业化的内涵与要求。

感恩社区是梦开始的地方
—— 记伍加的"半路"社工之旅

撰稿人：罗文嘉

感恩社区地处越西县城北，是越西县境内最大的易地扶贫搬迁安置社区。自 2019 年 10 月成立以来，社区集中安置了来自全县的 6 600 余名易地扶贫搬迁群众，如何让搬迁群众能够在社区"稳得住"，是一项巨大的挑战。感恩社区监委会主任伍加是社区治理与建设的亲历者与见证者，她说："大学没毕业，我就在这里实习啦！"从实习生到现在的社区监委会主任，感恩社区是伍加踏出校园后来到的第一个地方。

一、是巧合，是坚持

伍加于 2020 年毕业于四川传媒学院市场营销专业。"因为刚好出来实习就遇到社区招人，所以就来了。"有时候机缘的到来就是如此的妙不可言，伍加自己也没想过，这刚好碰上的实习机会，自己会一直坚持做下去，而这一坚持就是三年多的时间。在社区工作的时候，她正巧碰上了西南石油大学的老师带领同学们过来开展服务，他们对当地的老人、妇女和儿童提供的服务与关怀，伍加都看在眼里、记在心里。在增加自己对社会工作这门专业以及社会工作者的了解的同时，伍加也想尽自己的力量更多地帮助社区民众。于是，在专业工作者的鼓励和社区的大力支持下，伍加认真学习了社会工作专业知识，并最终在 2021 年 10 月份考取了社工证。

一开始的时候，伍加根本不了解社会工作专业，但通过慢慢摸索以及专业人员的指导，伍加逐渐上手。在问及其对外来社工的看法时，她毫无迟疑地肯定了外来社会工作者的专业优势，表示他们在理论与实务的运用上都掌握了非常多的知识和经验。同时她也没有妄自菲薄，表达了本土工作者在开展工作时也有自己的独特优势。伍加自己就有一套社工实务方法来服务社区民众。

有次她在上班时，发现有个小男孩在党群服务中心里玩耍，她觉得这个时间点不对，于是上前询问，才知道原来是小孩不想去上学，所以逃课来这边玩。当下她并没有斥责小男孩逃课的行为，而是下来询问相关知情人，了解到该男孩现在跟奶奶一起生活，父母都在外务工，奶奶年纪大了也管不住他。虽然只是一个逃课的行为，但行为背后牵涉了许多的参与人，男孩、父母、奶奶、学校、老师。她首先找到了小男孩，和他一起做了约定，让他可以随时来服务中心找她玩、找她说话，但前提是要在下午放学或是周末的时候。她希望能通过这样的约定减少以至消除男孩的逃课行为。其次，伍加联系到男孩学校的老师，与老师进行了沟通交流，并表示要是有什么关于他学校的事都可以来找她。然而，对于因父母离家而引起的小孩子对父母的思念之情，以及青春期的叛逆心理，伍加也不禁发出了一声叹息。父母迫于生计而在外务工，也是希望孩子能有更好的生活，这是工作者个人帮助不到的层面。所以她也希望如果未来能有机会，能够针对社区民众的务工以及就业增收等方面多做出一些努力。

二、是家人，是朋友

易地扶贫搬迁社区的居民都是从其他的各个乡镇、各个村安置过来的，与原有的城镇社区居民相比，搬迁社区居民在日常生活习惯以及生活开支来源方面都有很大的差异。搬迁群众以前在老家还能靠种地、放养牛羊为家里提供日常开支，但是到了搬迁社区之后，很多人就只能选择外出务工。如果就近务工的话，大多数人只能选择做一些体力活，或者是做服务员等。

"有事找社区工作者"，刚来安置社区时，由于生活环境的变化，居民们还没习惯，就像是小朋友一样，什么也不懂，什么也不敢碰，连电跳闸也会来到服务中心寻求社区工作人员的帮助。

"这个刚开始的话，有些人是很想回去哩。"伍加笑着说。居住环境、生活习惯、经济来源等各方面翻天覆地的变化对于安置社区居民来说，一下子肯定是难以接受的，想回到原来的地方也是常理。这种时候对于社区工作者来说，压力同样也是巨大的。如何安抚民众的心？如何让民众适应新生活？如何解决民众的生计问题？都是她们这些工作人员需要思考的问题。好在努力终会有回报，居民们在社区工作人员的共同努力下，逐渐适应了"城里生活"，同时也变得更加独立，不再一有小事就来找工作人员，而是先自己尝试着去解决，在尝试无果后才会来寻求帮助，这似乎也体现了社会工作的专业理念——助人自助。居民们通过社区的宣传教育以及自己的亲身体验，逐渐感受到现在这里的教育水平、医疗水平等各方面还是要比原来的乡镇、村子要更好和更方便，那颗想要搬回去的心渐渐就稳了下来。

让伍加产生"付出的努力是有用的"这样感觉的，主要来自一个小女孩身上。2022年夏天的某一天，一个上小学三四年级的小女孩来服务中心，看见一名志愿者姐姐直接坐在了地板上，然后自己在那儿思索了半天，最后很委婉地对志愿者说："姐姐，你坐到地上不凉吗？"其实小女孩的意思是地上很脏，要爱干净讲卫生，不要随便坐在地上。伍加等工作人员觉得很感动的点在于，这虽然只是一件小事，但至少证明在针对居民生活习惯方面的工作上，他们付出的努力还是有所回报的，连小孩子们都学会了讲卫生、爱干净，而且不仅自己这样做，也会带动周围的人一起，真正算是做到了"小手拉大手"。

此外，在感恩社区的人口构成上，百分之九十五以上都是彝族，自然有很多属于彝族特有的活动可以开展，比如说火把节、彝族年等。在每个重要的节日，工作人员都会号召居民一起开展活动，享受节日氛围。

三、是相伴，是成长

社区的监督委员会主任的职责，用伍加的话说就是"监督一切"，无论是社区日常的财务支出，还是社区工作者的出勤情况，都在她的工作职责范围之内。与伍加的交流过程中，她特意提到了凉山州2022年新推出的《凉山彝族自治州移风易俗条例》，并表示社区的监委会也开展了相应的教育活动，要求党员率先做出行动，给社区群众起到一个带头示范性的作用。在提到"彝路相伴"项目时，伍加表示"彝路相伴"项目对本土社会组织、社工以及社区都非常有益。比如对社区来说，"彝路相伴"项目能够帮助链接相关资源，引进一批外来社工机构以及专业高校指导、培养本土社工，助力在地社会组织的发展，以推动社区治理。同时，伍加虽是"半路"社工，但她对社会工作专业前景很看好。伍加提到近来四川又招了几百名社工，但缺口依旧很大，越西县的本土社工也很少，以后对于社工的需求也是会只增不减，毕竟可服务的人群数量依旧庞大。所以，社会工作的前景会越来越好！

"你会后悔做社工吗？"

"没有，咋可能呢！"伍加笑着回答。

四、故事评述

本案例反映出在易地扶贫搬迁社区中，"半路出家"的社区工作者如何在实践中逐步蜕变为专业的社会工作者，其中蕴含着如何培育专业社会工作者的启示。社会工作必须建立在专业认知基础上，本土社工伍加通过与其他社会工作者的交流与合作，逐步认知了社会工作，这点燃了她的专业兴趣，拓宽了她的知识视野。伍加在具体工作中不断磨砺沟通协调能力，这是实践的需要。丰富的一线工作经验是社工成长的沃土，新社工必须在这片沃土上辛勤耕耘，才能结出丰硕的果实。社工必须具备反思总结的能力，要善于总结经验教训，提高自我服务能力。伍加不断检视工作方法，展现出反思的专业服务素养。伍加积极服务居民，以乐观积极的态度面对困难，彰显了专业社工的热忱与担当。这种精神和责任心是社会工作者的价值支柱。从伍加的成长历程中可以看出，专业感知、实践锻炼、反思总结、热忱奉献，这些元素交织在一起，才促使其社会工作的专业能力稳步提升。她的经历为那些"半路出家"的社区工作者提供了成功转型的范例。培育像伍加一样的社区工作者，正是"彝路相伴"行动计划的核心目标之一。通过让社区工作者学习社会工作的专业知识、技能和价值观，可以推动社区工作的社会化，从而更好地服务易地扶贫搬迁安置社区的治理。这一努力将有助于这些社区创造更美好的未来。

暖心瞬间中看见自身价值

—— 记东山社区本土社工里且

撰稿人：王贝贝

东山社区位于金阳县天地坝镇，里且是社区里的一名本土社工。生于金阳长于金阳的他，2020 年 8 月份入职成为一名社工。当谈及为何选择进入社工这个行业时，里且提道："我本来不是社会工作专业的，之所以选择做社工，一方面是因为我想为自己家乡的社区建设出一份力，另一方面也是了解到了社会工作的价值理念，觉得这是一份有情怀、有意义的工作。"

"作为一个非专业的社工新人，工作中或多或少都会遇到一些困难和阻碍，有时也会迷茫，找不到自己工作的意义，也曾想过放弃，但是在工作过程中，一幕幕的暖心瞬间让我看到了自身价值。在工作之初，我完全不懂得社会工作如何做服务。所幸我们机构的负责人，也是我们的项目主任王立伟，有着十分丰富的社工专业知识和十几年的社工实务经验。我在王哥的带领下参与活动，随着参与活动次数的增多，以及自身专业知识的积累，我也慢慢地可以独立开展活动。"

一、以活动为载体，让社工有为有位

"父亲去世""母亲有精神问题""低保户""家庭矛盾"这些字眼看似离我们很遥远，但当这些问题全部集中在一个家庭的时候，这样的困难家庭就急需他人的帮助。在东山社区内，就有这样一户居民的家庭情况让里且印象十分深刻：父亲很早就去世了，母亲精神有问题并且丧失劳动能力，只有几个年幼的孩子和老人相依为命，家里很困难。当社工去入户调查的时候，母亲几乎无法与人沟通，奶奶提到家里的孙子时满面愁容。兄弟俩都十分叛逆，整日在社区内闲逛，有时做好了饭也找不见人。当问及哥哥为什么辍学去网吧时，弟

弟一脸不在乎地说因为他不想看见老师。作为困境帮扶对象，社区和机构一直持续跟进情况，通过定期赠送生活物资、入户访问并与兄弟俩进行沟通介入，转变也逐渐发生：家里不再乱糟糟的，兄弟俩见到社工很有礼貌，奶奶也满脸笑容地告诉社工，小孩最近很懂事，会帮着做饭、打扫卫生。通过服务的逐步开展，用真诚去打开叛逆儿童的心扉，让他们从拒绝交流到主动来到社工站跟工作人员谈心；通过鼓励、引导改善家庭关系，使其发挥正向支持功能，也让小小的少年逐渐学着承担起对家庭的责任。

针对社区里的老年群体，社工们也会定期为老人们举办集体生日宴。活动的开展最初是由社工站驻点社工策划和执行，"刚开始机构会定期指派专业社工和我们一起开展活动，与他们相比，我们的优势是比较了解这边的风俗，在沟通方面比较顺畅。但是那些专业社工的团队配合和默契度很高，我们完全是跟着他们学习的状态。"在持续的活动开展过程中，专业社工也有意识地培养本土社工，鼓励社区的舞蹈队以及儿童志愿者参与，并在每次的生日宴活动中邀请社区各类人群参与，逐渐将该活动变成东山社区的一个常规的老年人活动，甚至变成东山社区老年人的一个常规"节日"。

老人集体生日宴的举办，不光给老年人带去了欢乐，还为老年人提供了一个社区参与的平台，能够帮助易地搬迁社区老年人适应和融入新的环境。丰富的社区活动，能够促进老年人与生活环境的融合，增强老年人的心理归属感，共同营造良好的社区文化。"通过与这些长辈们相处和交流，我也学到了很多人生经验。"里且说道。老人集体生日宴的举办也能促进老年人与老年人，以及老年人与社区其他群体之间进行更多的互动交流，在社区营造一种尊老、敬老、爱老的友好氛围。

二、儿童志愿服务队：小小年纪，大大担当

在机构中，里且主要负责开展儿童群体服务。由于社区里的儿童年龄差距较大，在活动开展过程中难免会有一些摩擦。针对这种情况，里且发挥了"志愿者"优势，在儿童群体中选出一些积极性较高的孩子组成小"理事会"和志愿者群体，"理事会"成员年龄在9~12岁之间。在开展活动之前，里且会与自己的小"理事会"商讨活动内容，征求他们的意见再去开展活动。在活动中，小志愿者群体也会发挥他们的志愿精神，比如，在科学小实验活动中帮助社工分发实验器材，打扫活动场地卫生等。

"在活动中，我发现有些孩子因为家庭条件不好或是自身原因特别自卑，非常羞涩，不敢说话，参与热情也不高，经常是第一次来参加了活动，后面几

次都找不到人，机构针对这种情况专门召开了个研讨会，提出在做儿童服务时不要批评小孩，除非是特别严重的情况，尽可能充分照顾到儿童的心理健康，以鼓励和引导为主。随着服务的深入，社工们开展了'四点半课堂'活动，为儿童提供学业辅导，在活动中积极引导，这些小孩也发生了很大的转变——喜欢参加活动了，也敢于表达自己了。"里且表示，通过建立儿童志愿者队伍，培养未成年人参与志愿服务的积极主动性，儿童的参与热情大大提高了，他们对新家园的归属感和认同感也增强了，同时也助力了基层社区治理工作的创新。

三、社区"两委"和社工协作，推动社区建设

搬迁社区居民入住以来，社区党委始终认真贯彻省委、州委关于推进城乡基层治理制度创新和能力建设的有关精神，坚持党建引领，着力构建"一核四治"治理体系，全面提升"一核多元"治理效能。"我们前后换过三届社区书记，每任社区书记对社工站的了解和认识不同，但是在工作方面都会提供协助，非常支持我们在社区中开展工作。当然，我们也全力配合社区方面的工作，大家相互支持、相互配合。"在东山社区，社工和社区"两委"形成了较好的互信、合作局面，在此基础上，社区活动的开展也卓有成效。上文中所提到的困境家庭的服务跟进，就是由社区"两委"牵头，社工跟进服务，根据社区的家庭基本情况信息表进行有针对性的链接资源帮扶。

里且表示，能在本地的社区做一名社会工作者，为自己的社区建设出一份力，这是他非常愿意做也很热爱的工作。对他来说，这份工作很值得，用生命影响生命，成就他人的同时也在成就自己。

四、故事评述

本案例通过本土社工里且的工作片段，生动展示了社会工作专业服务在易地扶贫搬迁社区的实践做法和成功经验。一是通过入户走访准确评估各类群体的需求，如困境家庭的特殊关爱需求。这体现出社工要具备对居民需求的敏锐洞察力。二是针对不同需求，提供多样的适配性服务。这彰显出社工要善于根据需求制定针对性的服务方案。三是充分发挥本地资源优势，如组建儿童志愿队。这显示出社工要具有良好的社区资源整合和组织能力。四是与社区"两委"形成工作合力，使专业服务更好地融入社区建设。这反映出社工要善于协调各方力量，共构多元一体的服务网络。可以说，在对社区居民需求的准确把握上，在提供具体帮助的服务设计上，在资源组织动员上，以及在多方协作上的出色表现，都展现了社会工作专业在易地扶贫搬迁安置社区所能发挥的价值和作用。

赤诚诠释初心，实干践行使命
—— 记依撒社区本土社工舍沙

撰稿人：杨鑫苗

在依撒社区，有这样一群人，在社区居民有困难时他们总是第一时间出现，以帮助居民们排忧解难，他们正是社会工作者，舍沙也是这支队伍中的一员！

"这是我的家，是我心归属的地方。"

如今，社会工作者已成为易地扶贫搬迁社区治理中一支不可或缺的队伍。出生于凉山彝族自治州的舍沙正是队伍中的一员，像许多本土社工一样，他以前并不了解什么是社会工作。一开始只是出于对社会工作的好奇而选择了就读这个专业，中专毕业以后，他就回到了母校做驻校社工。一年后，他选择继续提升学历，大专毕业后就想着回到家乡，即使父母觉得他应该找个铁饭碗的工作，不同意他做社工，他也毅然决然地选择了走这条路。他朴实地说："自己的家乡自己把它做起来，看有没有一些什么想法，看自己能为家乡做点什么。"

一、从"服务对象"到去服务对象

刚开始的时候，舍沙说自己还曾是别人的服务对象，他小时候很调皮，初中的时候就辍学在外闯荡。后来读了中专，有一个社工，叫阿狼，每天过来找他，劝他以后不要打架了。慢慢地，舍沙与阿狼熟识了起来。阿狼是西南民族大学的学生，经常去各个大学做活动，有时还会举办夏令营之类的活动，阿狼基本上都会把舍沙带上。那时候他就觉得其实做社工还是挺有意思的，既好玩，同时也是在帮助别人，并且自己在过程中也得到了成长。

后来做了社工，舍沙秉承着社会工作的核心价值理念，运用专业方法，做了很多实事，比如环保主题活动，妇女节、儿童节活动，等等。他还发挥自身的篮球特长，组织小朋友们上篮球课，带着小朋友们做小喇叭广播，辅导作业也是家常便饭。此外，他还成立了一个小队，带着社区的孩子们去收集彝族老人的故事，然后把它们编排成戏剧，到了老人生日会的时候就给他们表演。他说这项活动对于传承民族传统文化来说非常重要，不能忘记那些民族的故事或者那些激励人的故事。

二、克服困难，砥砺前行

前途是光明的，道路是曲折的。舍沙在工作道路上，难免会遇到一些困难。易地扶贫搬迁社区和他以往接触的社区有所不同，"在外面做社工服务和这里不一样。"他说，"两个社区的文化不一样，每个居民的意识也不一样。在外面的社区，你去招募来的志愿者都会很明确地知道自己要做什么，但在易地扶贫搬迁社区，情况则有所不同，很多居民由于没有志愿服务的意识，也不清楚志愿者究竟是干什么的，比如我们想要招募对垃圾进行分类的志愿者，可能就会被社区居民误解为是去扫地的。因为这边很少有社区居民接受过教育，以前老一辈很多人是没有读过书的，读过书的基本都是在自己的家乡比较有地位的人，他们可能也不会跑过来给你当志愿者。"但舍沙面对这些困难没有退缩，而是选择长期给他们灌输志愿者的理念，让他们知道志愿者到底是做什么的，然后让他们自己主动愿意去奉献，即使这种思维上的转变可能要经历一个漫长的过程，他也觉得这是值得的。

三、对事以三思，事无不成

在易地扶贫搬迁社区做社工工作，舍沙有着自己独特的思考，如保护社区环境，他觉得应该从一些很简单的东西做起。"如果想要居民维护社区环境，就应该直接告诉居民不要去踩草坪，这样他们接受得会更快一点，但如果只是说喊一些保护环境的口号，那就很空泛。在社区里做工作，最好贴近实际一点，口号喊得再响，居民的接受度可能也不高。"舍沙这样说道。

关于社工培训，他也有自己的一些想法。他希望可以吸收更多专业性的知识和技巧，比如做活动应该怎么样去做，遇到具体问题应该如何解决，这些才是他们觉得实用的东西。如果有导师或者督导陪着一起做，大家一起总结一起反思，成长也会更多一点。

四、积极建言，期盼未来

由于文化的差异，外地社工不了解彝族当地文化。比如，彝族的人说的"做迷信"，常常会被外地人误以为是搞什么封建的东西。其实在彝族，"做迷信"是彝族的一种习俗，是一种祈祷，或者说是一种祈福。舍沙积极向外地社工解释这一点，他希望不管是外地社工还是外地人，都多多了解彝族文化，感受彝族文化的魅力。

对于即将步入社工行业的人，舍沙说以后真想做社工的人，最好先来凉山州易地扶贫搬迁社区这种艰苦的地方、更有需求的地方磨炼，在这里，专业的和非专业的人在一起做事才会有更多真实的感受。这样以后再去到大城市，看了做得好的是什么样子，再回过头来反思之前的工作与大城市的差距，这样更有利于社工的自我提升。

最后，舍沙由衷地希望能在自己家乡发展好助人事业，推动凉山州的进步，同时，也盼望社会工作这个行业越来越好。

五、故事评述

本案例描述了本土社会工作者舍沙在易地扶贫搬迁社区开展社会工作服务的故事。他代表了许多基层社会工作者用专业精神服务社区的典型。从舍沙的观察和体会中可以看出，社会工作者在易地扶贫搬迁安置社区开展工作时，并非总是一帆风顺的，也面临诸多的困难和挑战。比如，居民参与意识较低，需要社工付出更多努力；文化差异带来的障碍，需要社工持续克服；服务资源的有限也在一定程度上制约了工作的成效。舍沙的服务经历和感受，还反映出社工作为倡导者的角色。他不仅致力于提供具体服务，也在积极倡导改变居民的意识。同时，他也以积极的态度面对辖区外引进社工对本地文化的误解，努力协助消除偏见。舍沙的服务故事为其他类似社区提供了可供借鉴的经验。首先，应重视培养本地社工队伍，让他们发挥语言、文化等在地性优势。其次，社工要长期耕耘，持续培养居民的社区参与意识。最后，外来社工应主动了解和认识本地文化，更具敏感性地开展服务工作。

向下扎根，向上生长
—— 记龙家湾社区本土社工洪平

撰稿人：杨鑫苗

　　走进凉山州盐源县梅雨镇龙家湾社区，整齐的楼房分部排列，社区路面干净整洁，老人们在老年活动中心喝茶聊天，孩子们走着路就能到达附近幼儿园。社区文化活动站里围棋、健身等活动热烈进行，幸福的表情洋溢在每一名社区居民的脸上……

　　凉山州盐源县梅雨镇龙家湾社区，是盐源县易地扶贫搬迁工程中居住人口最多的一个集中安置点，也是一个多民族聚居的社区，汉族、彝族、蒙古族、藏族、纳西族共聚于此。该社区于 2017 年 4 月开工，2018 年 6 月完工。社区距县城 12 千米，规划用地面积 344.26 亩，总投资 8 164.83 万元，建成住房 17 栋，住房建筑面积 4.67 万平方米，配套建设公共活动场所 7 705 平方米，包括房屋建设及公共服务设施，共安置建档立卡移民 636 户 2 946 人。搬迁农户涉及沃底、大坡、洼里、盖租、大草等 13 个乡镇 34 个村，下辖 17 个居民小组。

一、感恩遇见，勇于尝试

　　洪平是凉山州盐源县梅雨镇龙家湾社区社工站的一名本土社工。回首初入社工行业的原因，他说："很偶然，但可能也是命中注定。"成为社工之前他也在其他行业摸爬滚打过些许年月，但都没有稳定下来。他对于社工这个行业知之甚少，一次偶然的机会，在家人和朋友的影响下，接触到了社工这个职业。在深入了解后，他被社会工作这个行业"以生命影响生命"的魅力和底色深深吸引，于是从此与社工结缘。他说："社会工作和我整个人比较契合吧，好像天生就是干这个的。"洪平平日里就是一个乐于助人、乐善好施的人，经常帮助邻居朋友解决生活中的麻烦，是出了名的好人缘，所以在"遇见"社会工作后，他喜出望外，没有丝毫犹豫地加入了龙家湾社区社工站，开始书写他与社会工作的故事。

二、克服困难，实践成长

"纸上得来终觉浅，绝知此事要躬行。"虽然成为社工后经过了较为系统的学习和训练，洪平已初具一名合格社工的素养，但是当他真正开始独立完成自己的任务时，才发现社会工作实务的不易。在易地扶贫搬迁社区开展社会工作是颇具挑战的，从如何与居民建立关系、分析和跟进个案、与社区"两委"协同工作、发动社区居民解决社区问题，到如何整合身边的资源来开展服务，再到如何解决社工在开展工作时遇到的实际困难等，一个个挑战接踵而来。洪平一开始明显地感到不适应，许多任务没办法很好地完成，陷入了一段低谷期。但是在自己的不断调整、同事的帮助、家人的支持下，洪平逐渐掌握了社会工作的技巧与要领，实现了飞速的成长与进步，向着一名优秀社工的方向不断前进，他说："把你真正的扔到那个环境中去，成长会非常快，非常锻炼人。"

要把社区当作家来建设，为此成立了龙家湾社区志愿服务队，利用群众力量解决社区问题，满足社区需要，促进社区发展。洪平说："龙家湾社区有很多易地扶贫搬迁群众，他们从故土搬到现代化社区，来到一个完全陌生的地方，需要一个融入的过程。社会工作者的作用就是为易地搬迁群众提供专业的社工服务，让他们感受到社区的温暖，更好地融入社区、融入新生活。"洪平和社工同仁们深深地理解社区居民"故土难离、故居难舍"的情感，意识到在新社区的新生活里有许多具体而微小的事情，需要有人来帮助他们适应和融入。于是洪平和同事们一起开展了龙家湾社区"logo共创""民族团结一家亲，我们都是一家人"社区新春联谊会等多姿多彩的活动来进行社区建设。此外，洪平和同事们敏锐地意识到龙家湾社区大量的妇女、老人、留守儿童需要帮助，为此他们开展了"指尖赋能，巾帼风采"妇女手工坊、妇女维权政策宣传等活动，赋权社区妇女，促进妇女发展；开展"向阳花开"青少年兴趣小组、"爱在梅雨，书乐童心"儿童读书会等活动，丰富搬迁社区青少年儿童的生活，帮助社区青少年儿童健康成长；开展"老人健康加油站"老年病知识宣传等活动，提升社区老人的幸福感、满足感、获得感。洪平成为社工的日子里，与社区一起变化、共同成长，经历了充满汗水和泪水的历程，实现了华丽的蜕变。

三、道阻且长，行则将至

惟其艰难，更显勇毅；惟其艰巨，更显荣光。几年来，龙家湾社区在社区"两委"、社会工作者和全体居民的共同努力下，克服一个又一个困难，迎接一个又一个挑战，实现了飞速发展，搬迁群众的生活更加幸福美好。然而，要更好实现"搬得出、稳得住、能致富"的目标，实现乡村振兴，梅雨镇龙家湾社区还有很长的一段路要走。洪平说："我作为一个社工新人，离成为一名优秀的社工也还有很长的一段距离，自己一定会向下扎根、向上生长，去温暖更多的人心、点亮更多的生命。"

四、故事评述

从本土社工洪平在盐源县梅雨镇龙家湾社区的工作经历中，我们可以看到一名社会工作者应用专业技能和方法开展社区治理的案例。首先，洪平深入社区了解居民的需求。他意识到搬迁居民面临着适应新环境、新生活的困难，以及不同群体如妇女、老人、儿童的特殊需求。这体现了社工要针对服务对象的具体情况进行需求评估的专业理念。其次，洪平积极动员社区居民参与社区治理。他组织居民开展多样性活动，并建立志愿服务队，发挥居民的力量自主解决问题。这种方法有助于培育社区居民的主人翁意识，有效提升大家的社区归属感。再次，洪平关注社区中各类群体，开展面向老人、妇女、儿童的专项服务活动，这正是各类人群高度集中的易地扶贫搬迁安置社区非常需要的。最后，在工作中洪平不断总结经验、发现不足并改进，展现了一个社工专业成长的过程。这种反思能力对提高在易地扶贫搬迁安置社区工作的效果是非常重要的。值得强调的是，社工不应该仅局限于作为资源提供者和活动组织者，而是要发挥专业优势，与社区居民形成伙伴关系，共同推进社区治理发展。

"彝路相伴"，一路成长

—— 记阿喜的社工之旅

撰稿人：夏宇星

　　阿喜是凉山州雷波县人，阿喜是大家对她的亲切称呼。作为"彝路相伴"项目团队的一员，阿喜与团队里大多数的社会工作专业研究生不同的是，她不仅是土生土长的彝族人，还是工作了几年后再重新回到校园的"新生"。上班的几年里，阿喜看到了自己的不足，也意识到了自己的能力还有很大的提升空间。她不想停下探索的脚步，不想因为到了年龄就步入所谓的家里安排好的婚姻，她想寻求更多的可能性，想找到属于自己的那个世界，于是在家人的支持下，她又开始了求学之路，在 2022 年成功考上贵州民族大学社会工作研究生，踏上了一段崭新的人生之旅。

　　近年来，社会工作在基层社区治理中发挥了巨大的作用，2020 年四川省民政厅在凉山彝族自治州 6 个特大型易地扶贫搬迁集中安置区策划实施了"彝路相伴"三年行动计划，这使得"社会工作"这个名词开始在凉山州频繁出现，也让阿喜了解到了社会工作这个专业，并最终成为一名社会工作专业研究生。而阿喜是通过西南财经大学带队的李权财老师了解到"彝路相伴"项目的。李老师作为一名彝族人、一名社会工作专业博士、一位社会工作专业教师，这几年一直奔走于凉山各地服务，不仅在凉山州拥有了一定名气，也进一步在凉山州宣传了社会工作。阿喜早已耳闻"李博士"的存在，也在网上看到了"彝路相伴"项目的相关报道。作为一名社会工作专业新晋研究生，她想加入"彝路相伴"团队，并借此机会了解更多凉山州的社会工作。于是，阿喜开启了她和西南财经大学"彝路相伴"团队一路相伴的奇妙之旅。

一、一路前行，在新的路途寻找自己

在出发之前，阿喜的心情是激动和忐忑的，她说："毕业后第一次与外界接触，害怕不能与团队处理好关系，害怕无法融入，也害怕调整不好自己，更害怕给信任的人丢脸。"但当西南财经大学"彝路相伴"团队成员们走进酒店第一次与她碰面时，阿喜心里忐忑的石头突然就落地了，可能因为见到了实实在在的人，所以心中漂浮的不确定感骤然消失了，她说："原来大家都很好相处，不用担心太多，一切都顺其自然。"

从喜得到德昌、木里，再到盐源、布拖、昭觉、美姑，最后到阿喜的故乡雷波，阿喜跟随"彝路相伴"项目团队一路前行、一路成长。阿喜与团队成员们在途经的每个县开展调研工作。在调研途中，她与队员们一起探访了在山崖之上的悬崖村，这个几乎与世隔绝的村落让她感受到了彝族的浪漫情怀；他们前往了被称为世界边缘的雷波龙头山大断崖，在自然的美景前感受灵魂的洗礼；他们还去往了上田坝剿匪平叛纪念馆，领略了一场和革命战斗先烈穿越时空的对话。这段旅途中最让阿喜感到惊喜的是，竟然偶遇了她的初中班主任王老师。德昌民中是阿喜的母校，在德昌民中调研时，阿喜在第一间教室就遇见了王老师，这场偶遇让阿喜很是开心。她说："我很开心是因为在课堂上与他相遇，因为在教室里，他依旧是我的老师，而我依旧是他的学生。"在不同的地方以不同的姿态遇见心里牵挂的人，并成为更好的自己，这大概也是成长的魅力所在。

在这段不断前行的旅途中，阿喜的精神世界仿佛又重新活了过来。她与团队成员们由陌生到熟悉，由不解到敬佩，心中的隔阂一步步被打破，他们一起前行、相互帮助、共同成长，阿喜终于彻底卸下心防，融入了"彝路相伴"项目团队这个大家庭，她明白了自己就是团队的一分子，她属于这个团队，也有自己的价值。"生活就该这样，遇到的人亦师亦友，在最需要学习的时候，感谢遇到这个优质的团队。"阿喜这样说道。这一路的美景、珍贵的友情、美好的回忆，都被她珍藏在了心里。

二、扎根社区，用专业服务温暖他人

"彝路相伴"项目第二阶段是驻扎社区开展社区治理服务，于是阿喜与"彝路相伴"团队成员在美姑县牛牛坝镇的两个大型安置社区定居下来。在社区的生活有一个美好的开始，阿喜遇见了契合的室友煜雯。她们一起买菜做饭，

一起参加活动，躺在没有玻璃与窗帘的房间里看着繁星入睡，阿喜说："最喜欢的画面是，她在看文献的时候，我提笔写日记，反正我遇到了一位很自律、很有想法的人，我欣赏她，就是单纯地欣赏她。"但让阿喜感到不舍和遗憾的是，由于时间安排，不断有团队成员中途离去。

在这个阶段，阿喜跟随"彝路相伴"项目团队扎根美姑县北辰社区和西荣社区，开始开展具体的社会服务。阿喜参与组织了小组活动、服务困境儿童家庭、与社区的公益性岗位工作人员开展交流会、开展了妇女化妆会活动和班级的公益演出，并且阿喜作为青年志愿者代表嘉宾与社区书记一同谈话，讨论了当前热门话题——"移风易俗"。在这次谈话中，阿喜对爱情、婚姻、彩礼都有了新的思考，她渴望平等的爱情和一段稳定的关系，但更希望能提升自己，等时机成熟时再去追寻理想的爱情与婚姻，她说："我希望能有更多的人去勇敢爱、去追求、去拥有。"

在"彝路相伴"团队开展的服务活动中，最让阿喜印象深刻的是社区羽毛球比赛。阿喜和同伴负责这项比赛，他们在西荣和北辰社区的儿童青少年中进行招募，在两个社区各自组建了一支羽毛球队，招募好队员之后，阿喜就和同伴带着两个社区的孩子们开启了训练生活。两个社区的教学时间的安排是早西荣晚北辰，早上八点半开始，但孩子们的练习热情出乎阿喜的意料。当她八点半到达练习场地的时候，已经有几个孩子安静地坐在那里等着她了，于是阿喜也被孩子们的热情所感染，她说："我把时间从八点半提前到早上七点过，在没轮到我做饭的时间我都尽可能提前到场。"阿喜喜欢和孩子们一起练习，她说："我就这样陪着他们练习，没有太多的话语，就是跟着一起打、一起学，有时候我们会顶着太阳较劲，有时候会对着风挑战，有时候会躲在厕所门口与伙伴对练，很喜欢这种一起奋斗的感觉。"

经过一段时间的训练，两个社区的球队开展了羽毛球比赛。在比赛当中，由于一些安排不合理，两个社区的孩子爆发了一些小冲突，阿喜尽力从中调节，最终平息了纷争。她有些挫败，因为真切地感受到了自己在组织活动和开展服务方面还存在很大的不足。但她很快也从中进行了反思，对如何规划比赛、如何控场、如何安抚情绪都总结了新的经验。"下次的小组比赛我会考虑得更清楚，"阿喜说，"并且从另一方面来看，当他们都在为自己的社区所紧张，都在为自己的社区所呐喊的时候，团队意识不就上来了嘛。"

跟随"彝路相伴"项目团队在社区开展服务、参与活动，是阿喜第一次将考研中学到的社会工作专业知识运用到实践中，她真正明白了社会工作的专业魅力与价值所在，对未来的学习与人生也有了新的思考方向。在开展活动的过程中，阿喜也在不断进行专业反思，她意识到活动前的准备以及临场反应能力的重要性，学会了有效沟通、团队分工合作，并懂得要温柔、真诚地对待每一个人、每一件事。

三、感悟与成长：与社会工作的缘分未完待续

一个多月的旅途不长，但引发的思考却余韵悠长。阿喜感叹道，在与现代文明接轨的路上，我们这个民族要走的路还有很长。从低檐到高楼，从山地到社区，从自给自足到社会主义市场经济，一切陌生的事物都需要他们去适应。"文化在消逝的同时，我们带着恐惧、期待和喜悦在向前，"阿喜说，"好与不好只是外界的评判，我们要学的还有很多很多，从最基础的生活习惯开始，卫生、语言、习俗各方面慢慢融合，保留好民族的精华，剔除糟粕，请多点时间给这些人群吧，请以包容的心态来看变迁的我们。"因为"家"不只是齐全的家具与完善的基础设施，更应是灵魂的归属，增加搬迁居民的社区归属感，需要社区居民、社区、政府乃至整个社会共同努力，这个过程不是一蹴而就的，我们需要怀以包容的心态，给予他们时间慢慢改变。"他们正在向前走，希望几年后，社区有归属感，有真挚的关系链，有真正的家，在最需要奋斗的几年我们一起期待着吧！"阿喜充满期待地说。

人生的这一站，阿喜重新更新了朋友圈，重新与世界接轨，也重新认识了自己。与同伴的彻夜交谈让她认识到了自身的偏见与不足；与老师们的相处让她对未来的研究生生活有了更美好的构想；与团队的合作让她体会到了团队协力奋进的美妙；在专业服务中也有了对专业的反思与提高。阿喜说："我目前还不确定自己的研究方向，也不确定自己会遇到什么样的老师，也不知道会遇到怎样的困难，但我心中已经有了理想的师生关系。"她对未来的自己赠与寄语："爱万物、做自己、爱自己！"

如前文所讲，社会工作这个名词出现在凉山州是近几年的事情，阿喜最初选择这个专业是因为社会有这方面的需求，当前社会工作专业人才还比较稀缺。她最开始只是把"社会工作"当作一门考试科目来记忆背诵，但通过这个暑假和"彝路相伴"项目团队一起在凉山州开展易地扶贫搬迁安置点社区治理项目之后，她才真正明白了"社会工作"中所包含的温度与价值。她说："我很明

确的是我从来没有比现在更在意社会工作，不是说喜欢上这个专业了，是很庆幸自己能选到那么温暖的专业，想想自己能为之而忙碌，我干劲十足。"

四、故事评述

本案例生动展示了一名凉山州本土的彝族人，是如何从准研究生的心态走向专业社工的成长历程。阿喜因为各种缘分加入"彝路相伴"项目团队，参与到凉山州易地扶贫搬迁社区治理的专业服务中，并在服务中充分展现了自身的多重优势，非常值得其他的外来社会工作者借鉴。第一，社工要善于利用自身文化资源的优势，从而减少与服务对象之间的文化隔阂，建立更深入的工作关系。第二，要高度关注不同人群的特殊需求。第三，社工要有持续反思和总结的专业精神。不仅要积极推进各种服务活动的开展，还要在活动中积极反思，发现问题并总结经验教训。第四，社工要在实践中不断强化专业能力，从被动的知识学习者转变为积极的实务工作者。第五，社工还可以适当关注文化传承问题，引导服务对象在继承传统优秀文化的同时，积极适应和融入现代社区。总之，阿喜的案例生动地诠释了社会工作专业服务的核心要义。

从凉山中来，到凉山中去
—— 记彝族社工超超的十年心路历程

撰稿人：陈煜雯

深居四川省西南边陲的大凉山此前曾是脱贫攻坚的一线，许多勤劳奋进的凉山人民走出了大凉山，而后又回到大凉山助力家乡的建设和发展，超超便是其中之一。如今，社会工作者业已成为乡村振兴和社区治理中一支不可或缺的队伍，凉山彝族自治州的部分易地扶贫搬迁社区中都有社会工作者的身影，若遇见一些本土社会工作者，他们大多会将"超哥"视为行业的楷模，并立志要成为像"超哥"那样的专业社会工作者。

一、见过人间苦，种下助人果

出生于凉山彝族自治州的超超，怀揣着最初的梦想走出了大凉山，人虽远行，却始终牵挂着家乡的建设和发展。他认为不能将"初心"作为一种道德去标榜，但在社会工作领域从业还是需要初心的。而他正是秉持着"与人为善，帮助他人"的初心在社会工作行业扎根了十年。

选择踏入社会工作行业，也源于他小时候想要帮助他人的"初心"。超超有四个姐姐，父亲是村里的一名教师，总体生活状况尚好。后因四姐超生，不仅罚款两千元，父亲也因此丢了工作，四姐还得一小名"两千块"。他自己是幸存下来的"超生儿"，作为家中最年幼的孩子，从小就受到四个姐姐的照顾，并且父母也时常教导孩子们要"以善待人"。兴许是在这般良善和谐的家庭环境下成长起来，超超从小便在心中种下了一颗"助人"的种子。

小时候，从村里到集市，由于交通不便，村民出行都需要步行，一走就是六七个小时，而村民的收入基本依靠卖农副产品，所以大家常常在凌晨三四点出发，打着手电筒，背着几十斤重的东西到集市上售卖，即便是六十多岁的老人也是如此。彼时在镇上念书的超超，经常在上下学路上看见一些村民为了省钱，饿了就只能用馒头应付过去，若遇上生意惨淡，未售卖出去的货物又得辛辛苦苦地背回去，还要步行好几个小时。他虽然从小不愁吃穿，见此情形，实有不忍，便心生善念，希望有能力去帮助这些弱势群体。

高二那年，他有幸成为香港"土房子"社会工作机构的助学对象之一，方才了解到原来有一种专门助人的职业——社会工作者。所以上大学时，就自然而然地选择了修读该专业。资助他上学的社会工作机构为什么叫"土房子"？起初，香港的这家社工机构总结了内地的三种房子：土房子、木房子、砖瓦房。一般土房子的住户经济条件相对较差，处于相对贫困的地区，所以就以"土房子"代表这类弱势群体，他们希望可以为这类群体服务。"土房子"的首要使命就是为内地培育输送"社会工作专业人才"，进而扩充"助人者"的队伍，而超超也得以在其帮助下顺利完成大学学业。他说："香港'土房子'社工机构的助学项目以资金支持为辅，主要是为受助者提供成长学习的平台，比如，去城市体验生活，或参与一些志愿服务，这也是我认为最可贵的。当受助者经过一系列的培训发展成熟后，就可以自己创办机构或者去更大的平台贡献自己的价值。"大学毕业后，超超就在"土房子"工作了五年，心中的那颗"助人"的种子终于开始生根发芽。

二、自助助人，更好前行

大学期间，无论是周末还是寒暑假，超超都会参与一些志愿服务。在"5·12"汶川地震和"4·14"玉树地震期间，他们前往灾区开展了一系列支教活动，这些活动不仅有小朋友参与，还有其他群众也积极参与其中。身居高原上的群众十分淳朴，同小朋友们一样，也是带着初学者的心态来学习汉字和普通话的。他说："虽然我们能做的不多，但至少陪伴灾区群众度过了一段艰难的岁月。这个过程给予我自身成长的力量是巨大的，在几年的志愿服务历程中，接触到不同地区、不同阶层、不同民族的文化，与不同的人分享生命故事，让我更深切地体会到社会工作所倡导的'助人自助'的价值意涵，也从中感受到了社会工作对他人、对社会的价值和意义。通过帮扶有需要者，自身不仅得到了职业锻炼，也因此增强了专业认同，继而更加坚定了做社工的决心！"

职业生涯中，令他触动最深、历练最多的，还是在雅安地震灾区做"驻村社工"时。那时，他深入到雅安市芦山县双石镇石峰村服务了3年，主要围绕100多位老人和青少年，帮助他们解决问题，并进行社区重建和发展。他会经常去看望和陪伴一些空巢老人，要是有一个月左右没去探望，老人们便会着急地四处询问："他们是不是走了，怎么这么久没来呢？"即便是当超超回到了老家，也有一些服务对象会打电话，说要送一些食物给他。虽然服务对象自身的经济条件并不好，一旦与之产生连接，他们也会以最朴实的情感回馈，所谓"以真心换真情"。另外，超超所在的团队还会在学校开展服务，包括个案辅导、团体服务，以及一些生命教育课程、多元智能课程等内容。

三、躬身入局，砥砺前行

如今拥有10年社会工作经验的他，仍然在社会工作道路上前行。当前他在成都市同行社会工作服务中心担任副总监，管理着近百人的团队，肩负着众多责任。但即使身兼多职，凡事他也尽可能地亲力亲为。他亲自参与了由四川省民政厅发起的"彝路相伴"项目。在"彝路相伴"天府社工智援凉山三年行动计划中，成都市同行社会工作服务中心团队从2020年8月开始，在凉山彝族自治州昭觉县沐恩邸社区开展了21期的社区治理人才培育课程和多项大型社区活动。为了培养当地的本土社会工作者，他们采用了多元的人才培训方式，包括实地督导、一对一督导、参访学习等内容，结合当地开展的项目有针对性地指导本土社会工作者。期间，他们也在部分社区开展了援助性工作，帮助一些低保家庭募集了价值一百多万元的奶粉，给部分困难家庭的新生儿匹配了相应的资源。除了培育本土社会工作人才，他们也会承接一些社区治理项目，助力易地扶贫搬迁集中安置区更好地建设。

他走出了大凉山，又回到了大凉山，儿时"助人"的愿望并不是说说而已。如今站在了一个更大的事业发展平台，他也不曾忘却自己的初心，不仅会积极参与各种项目的开展，还会自己设计项目，推行落实。对于家乡的一些弱势群体，特别的是一些问题青少年，他给予了更多的关怀，资助他们走出困境，迎接更加美好的新生活。谈及过往，超超的人生如同顺水推舟般顺畅，没有惊涛骇浪，也没有惊为天人的人生奇遇，更多的收获是在他辛勤耕耘的土地上遇见的那些朴实动人的生命故事。同事口中的他是"极少抱怨、兢兢业业、踏实肯干、有梦想、有情怀"的人，同事之间以"生命影响生命"，在彼此的人生轨迹上留下印记。

超超说："我应该算是进入社会工作行业较早的一批，在行业发展初期，机遇与挑战并存，只要踏实深耕，总会有收获。"作为一名专业社会工作者，他强调社会工作的价值理念是行业发展的生命力，不仅需要内化于心，还要外化于行。

在服务于弱势群体时，他们抱着"一群人的努力让另一群人生活得不孤单、有希望、有尊严"的工作理念。对于未来的职业展望，他希望可以继续在社会工作领域创造更多的价值，无论是社会工作体系建设，还是社会工作的中国化发展，都可依托一些大型平台，推动整个社会工作行业规范化、职业化、专业化发展。

四、故事评述

本案例讲述了社会工作者超超的成长经历。他成长于彝族地区，有强烈的报效家乡之情怀。他在大学时接受了社会工作培训，被助人精神所感染。工作后，他长期从事公益事业，积累了丰富经验。其后，在"彝路相伴"项目的带动下，他选择回到家乡凉山州，依托专业知识服务易地扶贫搬迁安置社区的治理工作。他的这种情系家乡、反哺乡土的精神是很令人敬佩的。超超的成长经历也反映出在民族地区推动社会工作专业化进程的重要性。第一，要加强本土社工队伍建设。民族地区亟须大批熟悉当地语言文化和社会环境的本土社工，以更好地发挥专业社会工作的优势，更好地服务本地居民。第二，要强化本土社工的专业训练。要成为优秀的本土社工，仅有乡土情怀是不够的，还需具备现代化的社会工作理论知识和技能，这需要通过系统地培训来实现。第三，要打造本土社工培养的长效机制。要更好地依托"厅—州—校—社"协作机制，建立系统、完善的本土社工培养链条。

引领社工事业，释放人生潜力

—— 记依撒社区外来社工新茂

撰稿人：李欣宇

"依撒"，在彝语中意为"住得幸福"。布拖县特木里镇依撒社区，距离县城1千米，占地300余亩，建筑面积26.5万平方米，修建有114栋楼，共有249个单元2 952套住房，安置了全县机构改革前26个乡镇的2 918户14 442人。这一连串庞大的数字，也让依撒社区成为全省单体最大的易地扶贫搬迁集中安置点。

新茂在2020年10月底通过省民政厅的"彝路相伴"项目进入了依撒社区，并开始参与各项社会工作服务。他在前往布拖之前一直在基金会等社会组织中参与相关的公益事业。2015年他大学毕业后，怀着"想去艰苦的地方"的想法参加了西部计划并去往了云南大理。西部计划结束后，他又参与了教育类公益组织发起的支教项目，前往贵州毕节的小山村支教了一年。在经历了工作调整后，新茂加入了一家公益企业基金会并被派驻到了云南丽江，此外他还去过甘肃、青海和内蒙古等地的欠发达地区……几年的时间里，他随着各个项目的开展去往了天南地北。2020年，新茂了解到了凉山州的工作机会，出于对凉山地区的好奇，他选择加入了准备在凉山驻点的社工机构并最终前往了布拖县。

一、初入依撒：我觉得这并不是孩子们的过错

新茂讲述了他在前往凉山州后对布拖县的第一印象，他分享他曾因支教等工作去过不少地方，接触过各地的彝族、白族、苗族和蒙古族群众，在进入依撒社区后也常在工作之余前往县城周围的村落了解村民们的生活。他发现当地彝族人生活居住的环境并不像他想象中的县城周围村子的样子，无论是房屋内

的设施条件还是其他方面，这些村子的生活条件和他以前在贵州深山中所观察到的人们的生活条件差不多，感觉当地在经济状况方面与其他地区还是存在一定差距。

在进入依撒社区之后，新茂发现这个易地扶贫搬迁社区相对于当地其他的社区而言，表现出了明显的活跃性。原因在于社区占地规模较大，且孩子众多，其数量占了社区居民总数的三分之一。从早到晚，社区的篮球场上都有小学、初中的孩子以及社区外的青年在一起打篮球。但在对依撒社区有更深入的了解后，新茂也意识到了社区中存在的一些问题：孩子在生活陪伴和文化教育方面存在较大缺失。一方面，部分孩子的父母存在外出打工或者去世等情况，爷爷奶奶、外公外婆等家庭成员对孩子的照顾不足，导致其在成长过程中缺乏家人的陪伴；另一方面，该地区的家长对孩子的教育关注度较低，部分孩子处于"被放养"的状态，也就产生了比如孩子在使用社区公共设施过程中会对其造成破坏等现象。面对这种情况，新茂认为这也并不是孩子们的过错，而是他们生活环境这个系统对孩子们造成的影响。

二、服务开展：和社区居民建立朋友伙伴关系

新茂表示他在进行已有项目的同时，更想要去了解当地民众的真正的需求，在了解居民到底需要什么的基础上再进行规划，并且还会根据实际成效来进行活动频次的调整。在社区基本服务方面，在了解了社区的基本情况后，为解决依撒社区没有物业而居民难以进行日常维修的问题，新茂和他的同事们召集了社区内具备相关技能的居民进行培训和团建，帮助组建了社区便民服务队，并利用社区的集体资金助力其运转。在孩子的教育成长方面，他们与教育局和周围的几所学校联系，在春节等节日和节气组织活动，希望能够给予孩子们更多的陪伴，尽量满足孩子们精神文化方面的需要；他们也邀请学校的老师来进行面向家长的家庭教育讲座。此外，新茂发现当地的孩子从村里来到县城，有些孩子可能连红绿灯都没见过，不了解如何过马路等基本安全常识，于是他们和当地的学校进行合作，引入安全教育方面的课程，以解决孩子们这一方面的问题。生活上，新茂也常常去孩子们的寝室，指导他们整理内务，养成文明的生活习惯。除了与当地的其他主体合作，新茂也向之前工作所在的教育基金会申请了一些课程的使用，依托依撒社区本身具有的设施来开办课程和提供服务。

依撒社区人员较多，社区工作人员会将一些特殊情况反馈给社工，社工再

前去联系。新茂介绍了经手的一次关于儿童的个案："有个小姑娘，她父亲去世了，母亲在服刑，姐姐在另一个县城读书。本来这个小孩儿成绩非常好，然后连续几星期不去上学，一个学期就只去上了一个月的课。我们就去找她，她也不开门，后来我们和她的班主任带着学校的教导主任一块去找，还是不开门。然后我们想确保这孩子是安全的，就联系派出所和司法局看怎么解决，实在没办法，就想着翻墙进去看她在不在屋里，结果小孩竟然也从窗户跳了出去。后来她姐姐回来了才见到她，我们也和她姐姐说，让她姐姐好好了解一下情况，把问题解决。后来了解到小孩一方面是自己偷偷买了个手机存了点儿粮食，另一方面是第一次逃学之后，害怕回学校之后被批评，索性就不去了。现在小姑娘已经回到学校正常上课了。"

基于在依撒社区开展社工服务的经验，新茂认为在这样的易地搬迁社区内开展工作，相对于专业水平上的要求，更重要的是要和社区居民建立朋友伙伴关系，才更有利于后期的工作开展。由于语言方面存在一定的障碍，新茂与当地成年人的沟通较为有限，和会说普通话的小孩子接触会更多些。他带领着小朋友组成的志愿者队伍开展"移风易俗"活动，让小朋友劝阻大人的不文明行为。鉴于当地文化活动较少，他常和小朋友一起运营社区广播，在社区放一些音乐、讲一些儿童故事。"孩子们都比较可爱，在那里和孩子们相处的时间非常多，和我在支教的时候的感受比较类似，"他分享说，"给孩子们辅导作业和开展活动都比较让我有成就感，开展活动的时候看见他们那么开心地积极参与，在操场上会'哗'一下围过来一大群孩子，里三层外三层。晚上在民政局的儿童中心辅导小孩作业，看到他们还是有学习的意愿，家长也比较信任我们，会主动把孩子送过来。不管是讲故事还是小组的活动，希望都能对他们的成长有一定的帮助。"

三、新的篇章：在已有的条件下争取做到最好

随着项目阶段性的结束，新茂在2022年离开了凉山，但是他认为自己在凉山布拖的这一段工作经历不仅让他对于彝族同胞的生活方式、国家在相对欠发达地区的相关政策以及易地搬迁社区里的情况有了清晰的了解，也给予了他继续从事公益事业的动力。他回想在依撒社区的工作过程中留有遗憾的地方：一是因资金问题没能将妇女基金会的一个项目引入社区；二是他基于社区孩子们身体条件都比较好的情况联系了"棒少年"负责人，希望能够让其来布拖选

看有没有适合的打棒球的孩子，他表示，如果孩子们能够参加，那么这个机会将成为他们人生的转折点，但最后想法没能真正落地成型；三是垃圾堆肥项目也由于资金和时间限度问题而未能实现。虽有遗憾，但他也比较豁然："还是达成了一些改变吧，在已有的条件下争取做到最好。"

新茂一直在追求自己人生的价值，他坦言道："除了在布拖的时间之外，我觉得自己这近 30 年中最开心的时间就是支教的时候，那也是我目前的人生里面最让我有成就感的一年，发挥了自己人生的价值。"在公益基金会中工作的他对社会工作和公益事业在经济欠发达的地区的价值和意义表达了认可，他感慨说："想要做得更有效还是比较困难，不能单单只是用文字去将项目描述得天花乱坠，讲故事讲得人流鼻涕、掉眼泪，我觉得社工组织和公益项目还是有很大的可提高的空间，可能需要更关注项目本身的价值，以及如何达成更大的影响力。"

"依撒""有你"，更加美丽
——记依撒社区外来社工李雪梅

撰稿人：唐攀

依撒社区中的"依撒"二字，在彝语里的意思是"住得幸福"。从大山到河谷平地、从农村到城市社区，易地扶贫搬迁让这里老百姓的居住条件得到了极大改善。但搬迁之后，要让社区居民切实感受到住得幸福，则需要更多的软性服务来支撑，而李雪梅和她的团队，正在为此持续努力着。

一、幸运来自持之以恒

李雪梅算是进入社会工作行业较早的一批人之一了。十年前毕业于绵阳师范学院的她，一开始去了广州从事社工行业；后来又回到四川省，参与雅安4·20地震灾后重建工作，如重建示范社区、受灾居民居家灵活就业等；再后来又去到成都，进入光华社会工作服务中心成为一名一线社工。2018年，有着丰富社工经验的她在武侯区创建了有你社区发展中心，并主要负责机构和项目管理。十年光阴，功不唐捐，李雪梅也从最初的新手社工成长为机构负责人。

正是这一路的坚持与热爱，让她在社工行业里拥有比别人更多的成长经验，也获得了更多的机会。2020年，借着"彝路相伴""牵手伴行"行动计划的契机，李雪梅和她的团队成员在布拖县依撒社区正式开展社会工作服务。她说："我一开始没有参与'彝路相伴'，是其他人帮忙推荐了这个项目，然后就让我去试一下能不能申请，我当时写了项目方案书后就申请了，并且一开始这个项目的前半段是其他人在做，我是后来才接手来做的，正是在这样一个机会之下，我才有机会进入凉山州开展服务。"

二、难题，不可避免

作为彝族中的阿都文化支系，住在依撒社区的人们十分热情好客，对于李雪梅这群外来社工来说，感受更是如此。她说："由于文化不一样，在接触时的整个服务方式上就会有很大的不同。比如，在和当地居民接触以及采取行动的过程之中，就需要更加顾及他们的文化与性格特征，这样才能够更好地去开展服务工作。"

语言也是需要考虑的问题。由于当地彝族成年人大多不懂汉语，因此，在服务过程中就会导致外来社工执行难度增大。雪梅说："开始我们的服务对象只有儿童就还好，但当我们的服务对象扩展到成人的时候，就没有办法用我们外来的专业社工了，只能在当地挑选一些本土的社工，给他们做培训，然后去介入成人服务，让他们用本土社工的方式去办这件事情。"

除了这些，作为整个项目的负责人和督导的她，不仅要亲自参与项目方案的设计与执行，还要参与到对本土社工的培养与督导。不过她却说："我反而觉得在那边做工作相对来说比较纯粹，因为它会让你去做一些你自己本身想要去做的工作。在城市里，有的项目都已经做了很多遍了，因此就会要求你不断地去创新、找亮点。而在布拖那边他们会要求你先把事情本身做好，并且从经验上讲，这些项目会丰富我在民族地区的社会工作经验。"

三、美好，不期而遇

两年多来，雪梅和她的团队在布拖县承接了数个项目，也得到了更多的成长和经验。谈及为什么一直能够在布拖县留下来，雪梅说："在这里我找到了能让我坚持做社工的动力，那就是做社工的初心与价值观。同时，在整个过程中我觉得我们是非常幸运的，无论是这儿的社区书记还是整个社区的成员，他们对社工在社区里面做事情的态度都是很支持的，我觉得他们的这种观念以及对这件事情的接受程度，是有利于我们开展工作的，因此，我们才能够一直在这提供服务。"

每次去当地社区与社区书记交流的时候，都会让李雪梅有所触动，因为她看到了社区书记不断地在根据她们所开展的服务来做出调整与改变，这会让她们觉得自己所做的服务是有成效和影响的。不过作为负责人和督导的她也会觉得有一些遗憾，那就是不能全程参与到服务过程中去，如果能够重来，她说她更希望自己能够作为一名一线社工，亲自去陪伴和参与这些项目，这样也许会有更多不一样的收获。

四、一些心得与体会

如今，作为拥有十年从业经验的她，对于社会工作也有了更多的心得与体会，谈及这两年在依撒社区所开展的服务，雪梅感悟颇多。当谈及对于外来社会工作机构怎么能够更好在少数民族地区开展社会工作服务，她这样说道：

"一是要扎根。社会工作者应该是基层的、一线的工作者，只有扎根下去，才能够真正做出一定的成果。比如，依撒社区作为一个大型社区，却只有两个本土社工，就算是调动志愿者，力量也是很渺小的，而如果社会工作者扎根下去的话，不管你影响的是一个人，还是一群人，效果都会很不一样，因为这些人会去影响到更多其他的人。

"二是要平等。如果是一个外地的社会工作机构去到少数民族地区，我觉得需要用平等的眼光去看待这个民族和地方，虽然少数民族地区的经济状况相对来说发展滞后一些，但我们要用平等的眼光去看待这些人和事，而不是去歧视或者否定他们，这样才能更好地将服务开展下去。

"三是要学会改变。对于一些外来的社会工作机构、基金会来说，我认为改变也是很重要的，因为处在巩固脱贫攻坚成果同乡村振兴有效衔接的阶段，如果想要去推动他们的乡村振兴，或者是在整个过程中去推动社区治理的话，你更需要带着一种使命感和责任感去做这件事情，这样才能走得更远。"

五、案例评述

本案例描述了李雪梅在社会工作领域的成长经历和工作经验，对我们更好地开展社会工作服务具有积极的启发意义。第一，坚持探索、发展自我。雪梅不断学习新知识，开拓视野，从一个社工新人成长为资深专家。这表明优秀的社工必须具备持续学习和自我完善的品质。第二，顺应需求、创新服务。雪梅根据实际需求，创造性地运用社工方法来达到服务效果，如培训本土社工、设计符合当地文化的活动等。第三，重视过程、追求进步。雪梅不断深入基层积累经验，注重过程，才取得今天的成效。第四，开拓视野，担当社会责任。雪梅立足实际，调动各方资源，积极服务于易地扶贫搬迁安置社区的治理，展现了社会工作者的责任担当。第五，尊重差异、平等共情。面对当地社会文化差异，雪梅采取尊重并适应的态度，平等地看待服务对象，体现了社会工作者尊重多元文化的价值观。

和美姑一路同行

—— 记美姑县民政局"彝路相伴"办公室负责人依作

撰稿人：伍兴如

　　依作，是一位内心充满爱与关怀的基层年轻女干部，她从西南民族大学毕业后，选择成为一名选调生，回到了自己的家乡美姑县。对于这片养育她的土地，她怀有深深的感恩之情。"我从小在美姑长大，从小学到高中一直都是在美姑念书，对家乡的感情很深厚，所以在毕业后选择考取选调生，回到家乡。"能为家乡建设贡献自己的力量，她感到十分自豪。

一、"彝路相伴"共铸幸福梦

　　2020 年，四川省民政厅在凉山彝族自治州 6 个特大型易地扶贫搬迁集中安置区策划实施了"彝路相伴"三年行动计划，美姑县正是"彝路相伴"的重点服务区域之一。作为美姑县的一名公务员，依作早在项目正式实施前就已经了解到了这个项目。自 2021 年起，她作为美姑县"彝路相伴"办公室的负责人，肩负起了对接上级民政部门，以及"彝路相伴"承接项目方的重任，持续推进"彝路相伴"项目的实施。她在自己的工作岗位上，架起了沟通的"桥梁"，将各方资源与所在地区进行对接，为曾经的邻里，现在的新居民奔向更美好的生活贡献自己的力量。

　　当被问及印象最深刻的项目时，依作不假思索提及第二批省级城乡社区治理试点项目——牛牛坝北辰社区。这个社区位于四川省凉山彝族自治州腹心地带，是美姑县最大的易地扶贫搬迁集中安置社区。该社区建成于 2020 年 5 月，安置了美姑县 13 个乡镇、62 个行政村的脱贫户，现有总人口 1 695 户 8 412 人。由于搬迁时间短、安置规模大、居民之间不熟悉等原因，北辰社区治理面临着巨大的挑战。

"彝路相伴"项目注重以社会工作专业的价值、知识和方法为指导,关注以人为核心的发展目标。地理位置上的迁移只是改变的第一步,如何让居民适应新的生活,过上更好的生活才是"彝路相伴"项目所追求的结果。作为北辰社区建设的见证者,依作从硬件设施和软件方面列举了北辰社区让她印象深刻的改变。在硬件设施上,社区道路建设给依作留下了深刻的印象,也显示出了"彝路相伴"项目所传达的人文关怀,社区道路增加了代表彝族的红黄黑的标志,让原本冰冷的地面变得更有温度,道路两旁的供居民休憩的一些座椅、绕道而修的花草植被无不体现出浓浓的人情味,营造了舒适的居住环境,让社区变得更加暖心,更具特色。除了硬件设施,北辰社区还注重软件提升。社区组织开展了丰富多彩的文化活动,如民族歌舞表演、手工制作等,让居民在参与活动中感受到彝族文化的魅力,增强了社区凝聚力。此外,社区还组织了义务清洁活动,增强了居民的环保意识。

走进党群服务中心,社区荣誉墙上显赫地摆放着社区获得的"全州城乡基层治理示范社区""全县先进基层党组织""2019—2021年度凉山州文明村社区"等荣誉。短短三年的时间,北辰社区就发展成一个充满着和谐安逸、团结互助氛围的现代化居民小区,这些成绩是居民可持续幸福生活的见证,而这也正是"彝路相伴"项目的意义所在。

二、社工与美姑一路相伴

几年前,"社会工作"这个词对于美姑县人民来说是一个十分遥远且陌生的词汇。然而,如今社会工作已成为美姑县一种熟悉而温暖的存在。这一转变归功于"彝路相伴"项目的社会工作者始终坚持以人的发展为核心,时刻关注社区居民的需要,为他们提供切实有效的服务,让居民感受到了温暖和关怀。

当谈到对社会工作的看法时,依作字里行间都充满了个人和居民们对于社会工作者的认可。社会工作对于美姑县人民而言是一个新兴事物,从最开始的完全陌生,到现在的连连称赞与认可,这种变化正是因为社会工作者们一直坚守着他们的信念。他们不断地关注社区居民的需要,时刻关注他们的发展,并为他们提供必要的帮助和支持。这些社会工作者们用他们的真诚和热情,为美姑县的居民带来了希望和温暖,真正做到了与居民"一路同行"。

社区中的居民大多是从遥远的山区或者不同的乡镇搬迁而来。他们在原居住地已经建立了稳固的社区共同体，但是在新的环境中，他们面临着很多挑战。邻里关系陌生、社区疏离感等问题都会使居民感到困惑和不适。这时，社会工作者挺身而出，秉持"助人自助"的价值理念，全心全意地为社区居民服务。

在三年行动计划中，社会工作者们始终秉持着"助人自助"的价值理念，以解决社区问题为导向，促进社区善治为目标，面向社区各类人群展开了一系列社会工作服务行动。不仅开展各种养老助残、慈善救济、便民服务等工作来帮助社区居民们解决生活中所遇到的问题，满足其基本生活需要，让其生活更加舒适便捷，还融入当地特色，借助民族节日的契机举办各类社区公共活动，吸引广大社区居民踊跃参与。在此过程中，不仅弘扬了民族优秀传统文化，更以此为契机拉进了居民之间的关系，在活动中加强了居民对于新社区以及新生活的适应度。

除此之外，社工服务团队在工作过程中，还为社区注入了"助人自助""服务本位"的专业理念，同时协助孵化社区组织、建立社工站、培养本土社工人才，为实现社区自主成长、可持续发展提供了重要保障。为了培养当地的本土社会工作者，社工服务团队采用了多元的人才培训方式，包括实地督导、一对一督导、参访学习等内容，结合当地开展的项目有针对性地指导本土社会工作者。在"彝路相伴"行动计划的支持下，美姑县培育、孵化了社区内的本土社会组织，培训了数名持证的本土社会工作人才，但依作仍然深切希望本土社工人才以及社工组织的队伍更为壮大。外来社工大多跟随项目进行阶段性的服务，因此流动性较大，依作希望能够在社工服务团队以及高校的支持下，不仅使本土社工的数量不断增加，同时也能使得其素质与能力得到提升，从而持续为居民提供更好更专业的服务，实现社区治理的自立自强。

三、故事评述

本案例透过美姑县"彝路相伴"办公室负责人依作的视角，向我们呈现了"彝路相伴"项目在美姑县的实施情况。她的讲述也给我们诸多的启发。第一，易地扶贫搬迁安置社区内不同群体的需求多样且复杂，需要社会工作者进行精细化的需求评估与分析，进而制订针对性的服务计划。第二，优秀文化在社会工作实践中的应用值得关注，可以进一步挖掘优秀传统文化元素，积极助力社区治理。第三，社区组织的培育是社区治理的重要依托，要通过培训本土社工，孵化社区组织，使各项服务更持续化。第四，跨部门合作是社区治理的重要保障。

各个部门应加强合作，形成工作合力，从而持续提高服务质量。同时，也应注意部门间的角色定位分工，提高工作协同性。第五，社会工作专业在基层社区仍有很大发展空间，需要在政策制度层面给予更多支持，为社工营造良好的发展环境。

以家之情，共建社区

—— 记城北感恩社区副书记虹虹

撰稿人：侯凯悦

　　"城北感恩社区"，第一次听到这个名字的时候，就令人倍感温暖。走进凉山州越西县越城镇的城北感恩社区，鳞次栉比的楼宇、干净整洁的环境让人眼前一亮。沿路走来，有公益岗人员在清扫路面，也有居民弹奏着月琴、唱着彝族歌谣，还有活力四射的少年在运动场上一个三步上篮又拿下了两分。在蔚蓝的天空下、温暖的阳光中，这样温馨的画面每天都在城北感恩社区里上演。

　　城北感恩社区成立于 2019 年 10 月，是越西县最大的易地扶贫搬迁集中安置点，集中安置了全县 17 个乡镇、38 个村的搬迁群众，涉及 1 421 户共 6 660 人，加上投亲靠友 900 多人，常住人口达 7 500 人以上。为了让搬迁群众"搬得出、稳得住、能致富"，社区内配套建设了卫生室、警务室、日间照料中心、音乐室、绘画室、民风民俗活动场所等公共服务区，还配套建设了 1 所小学、2 所幼儿园，以及室外健身场所、扶贫车间、商业街、超市等。

　　走进党群服务中心，社区荣誉墙上挂着社区获得的"凉山州民族团结进步模范集体""四川省先进基层党组织"等荣誉。短短两年时间，年轻的城北感恩社区就发展成一个和谐安逸、团结互助的现代化居民小区，这些成绩的取得离不开社区"两委"的支持，而社区的虹虹副书记就是其中的一位代表人物。

一、一家人不说两家话

　　"我是在 2020 年 6 月的时候到城北感恩社区工作的，虽然此前已经有八年的社区工作经验，也对社区工作有着特殊的情怀，但是安置点的社区和一般社区还是不一样，首先语言就是最大的障碍。"

虹虹此前在越西县城的一个城市社区任支部书记。虽然有着丰富的工作经历以及八年的社区工作经验，但在语言不通的现实问题面前还是犯难。城北感恩社区有95%以上的居民都是彝族同胞，社区里的老人们大多数只会说彝语，只有年轻人会讲汉语。语言是人与人沟通交流的重要媒介，语言不通如何开展工作、如何为民服务？

为了能和社区居民"打成一片"，了解社区居民需求，她经常在社区里用自学的一些彝族日常用语和居民们主动搭话，听不懂的时候再根据大家的表情和行为"连蒙带猜"，重要的内容还会先记下来，回去再请教同事。就这样来来往往，虹虹用自己的实际行动和社区居民之间逐步建立起了信任关系——虽然语言不通，但只要用"心"，就能"心有灵犀一点通"。

跨过了语言这个"门槛"，虹虹算是真正地进了"家门"。虽说大家都称呼她"王书记""汉呷"①，但她始终觉得这只是个称呼，重要的是她和社区里的"家人"们一起建设社区——这个属于他们的共同家园。

二、一个身份三种角色

作为"女儿"——努力让老年人幸福快乐地生活。社区中的老人们在过去几十年的生活中早已形成了固定的生活方式和习惯，让他们从随手乱扔到垃圾入桶、从席地而坐到找凳子坐都需要耐心的引导。为了让他们适应崭新的生活环境、养成良好的生活习惯、过上幸福的晚年生活，虹虹想方设法地变着花样、不断探索适合老人们的各种活动，并引导他们形成新的生活方式和习惯。比如捡20个烟头、参加两场环保知识宣传就能兑换一样生活物品。这群"老小孩儿们"在这样的激励下养成了出门携带小马扎的习惯，真是可爱！

作为"母亲"——努力让青少年积极健康地成长。每一个母亲都希望自己的孩子能够健康快乐地成长，而对于虹虹来说，这不仅是对自己孩子的希冀，也是对社区里所有青少年的期盼。有一名厌学、逃学、自卑的留守儿童，女儿身的她却经常是一副男孩子的打扮。这可不是我们平日所说的"酷飒"，而是家庭原因导致的"散漫"。虹虹很快关注到了这个小女孩，并像妈妈一样关心、陪伴她。在其他工作人员以及社区社会组织的帮助下，小女孩儿逐渐恢复自信，换上女生装扮，并且不再逃课，成绩也有所提升。有一次社区举办活动，小女

---

① 汉呷在彝语中是汉族的意思。这里指彝族同胞对虹虹的亲切称呼。

孩儿还主动申请上台和其他女孩一起表演舞蹈。孩子的进步是最令"妈妈"欣慰的事情。

作为"爱人"——辅助居民共建和谐幸福之家。有人说如果社区是个家，那么社区书记一定是一家之长，可虹虹并不这么认为："在社区里，我们和居民一起发现问题、讨论问题、解决问题，把社区共同建设成为大家心目中的幸福家园。"社区是个大家，其建设离不开每一位家人的建言献策和共同努力，而虹虹更是站在了"爱人"的身后，以"内助"的角色鼓励每一位居民都参与到社区建设中。居民是社区治理的重要主体，居民自治是社区治理的重要理念，这不仅能增强社区居民的主人翁意识，也为社区治理注入了源源不断的能量。

三、一场场活动带来的"蝴蝶效应"

"互益行"是城北感恩社区极具特色和影响力的项目。"互益"即互相帮助、全民收益，是以积分累计兑换为原则建立起的一项志愿者激励制度，能够鼓励居民参与社区志愿活动、发展社区公益事业、培养居民服务意识、树立良好道德观念。

为了激发居民互帮互助的热情，营造社区共建共治的氛围，虹虹将"互益行"这个原创的"积分银行"搬进了社区。起初居民的参与率和认可度并不理想，社区工作人员就将所有可以兑换的生活用品搬到广场，开展了一场"看得见、摸得着"的大型兑奖活动。在现场各种实用奖品和服务的"诱惑"下，居民们纷纷投入到志愿类、环保类、主题类活动，以及其他各种活动中。

虹虹说："我印象最深的是一个妇女背着自己的孩子将捡到的手机交到社区来，我想有这样的母亲言传身教，孩子长大了一定很优秀。""互益行"不仅调动了居民参与社区治理的主动性和积极性，也实现了居民自我管理、自我服务、自我教育、自我监督的功能。现在，社区居民可都会为自己有一个"互益行存折"而感到骄傲，而这笔"收入"都来源于居民为"大家"建设而付出的努力。

还有一场化妆培训的课程活动深受大家喜爱，不少居民反映一定要再举办几次。"化妆培训后，她们更加注重形象了，也更加自信了，带动了个人卫生。"虹虹提道："注重个人卫生又能带动改善家庭卫生、公共卫生。"化妆活动原来不仅能让居民个人变美、"小家"变美，也能让社区这个"大家"更美。

四、一些对美好未来的期许

作为全省最大的 6 个易地扶贫搬迁大型集中安置点社区之一，在由四川省民政厅牵头，联动高校、专业社工机构、慈善力量等资源开展的"彝路相伴"三年行动计划中，城北感恩社区围绕社区治理、社区服务、社区建设主题，按照群众和社区发展需要，以社区搬迁群众"稳得住、融得入、过得好"为目标，开展了"快乐同行""索玛花开""天府银龄""七彩益学堂"等一系列社区服务活动，使社区居民的幸福感、获得感大大提升。由"彝路相伴"行动计划支持的社区公共空间亲民化改造项目已经完工，该项目极大地提升了社区的公共服务基础，更好地助力社区的服务型治理。

"比起 2020 年 6 月刚到社区的时候，这里的道路更整洁了、绿化更茂盛了、家里更洁美了；老人文化生活丰富了、妇女更注意仪表了、孩子的特长得到了挖掘；居民与社区之间建立了信任关系，居民与居民之间建立了互助的关系。"亲身经历着这些积极的变化和发展的虹虹对社区的未来充满了美好的期待。

城北感恩社区在"彝路相伴"行动计划的支持下，培育孵化了社区内的本土社会组织，培训了数名持证的本土社会工作人才，但相比于居民基数较大的社区，这些本土社区治理主体的队伍和能力还需要继续壮大与提高。"我希望有更多的"彝路相伴"项目能够落地到我们社区，并能够让本土的社会组织和社工人才来实施，这样我们才能慢慢自立、自强。"

另外，城北感恩社区是彝族同胞集中生活的安置社区，他们拥有宝贵的优秀民族文化资源。如何在社区治理中将民族文化和现代元素进行融合，这不仅是对彝族优秀传统文化的保护，也是对铸牢中华民族共同体意识的深入贯彻。对于这个具有深远意义的问题，包括虹虹在内的社区"两委"也都在积极地思考和行动着。2023 年，她们已经在规划兼具传统与现代理念的社区文化生活馆，既可以满足居民婚丧嫁娶的现实需要，也能展现浓浓的文化气息。

走出社区，虹虹谈及社区和居民时如数家珍的模样还历历在目，显然她是真的把社区当成了家、把居民当成了家人，因此才能真正做到为社区着想，为居民着想。城北感恩社区，是一个温暖的大家庭。

"我还有一个疑问，社区为什么叫作感恩社区？"

"我想这是社区居民对搬迁到这里生活的一种感恩之情，从无到有的感恩，从山里到城里的感恩，从村民到居民的感恩。"

五、案例评述

从社会工作视角来看，越西县城北感恩社区的副书记虹虹在参与社区治理的工作中体现了良好的专业素养。首先，作为一名非彝族的社区干部，她通过自学部分简单的彝语积极融入居民生活，拉近与服务对象的距离。语言连接是社会工作的重要工作技巧，她用心学习居民语言打破外部标签，体现了社会工作"入乡随俗"的专业态度。其次，她注重整合服务对象的家庭与社会资源，发挥"人在环境中"的服务理念。她既像家人一样对个案给予关爱，又组织社区资源共同关怀特殊群体，达到社会支持与环境调适的双重作用。最后，她创新"互益行"项目，将居民主体性调动与集体荣誉感培养有机结合，推进以人为本的社区建设，成效明显。她的"女儿""母亲""爱人"三种角色的定位，更是引导着她更加用心、暖心地投入各项服务工作。总体而言，虹虹在易地扶贫搬迁安置社区中，坚守专业服务、用情服务，以温暖之力推动社区建设，值得其他类似的社区积极借鉴。

扎根基层，用行动构建美好社区

—— 记西荣社区书记莫石

撰稿人：夏宇星

　　四川省凉山彝族自治州是我国最大的彝族聚居区，曾经有 11 个县为深度贫困县。通过易地扶贫搬迁，几十万凉山群众搬入了新居，生产生活环境得到了根本性的改善。

　　在易地扶贫搬迁安置点里，人们的居住、就学、就医等条件均得到了显著改善，但如何强化易地扶贫搬迁的后续扶持，让搬下来的居民住得惯、转变得了观念、赚得到钱，是每个易地扶贫安置点最需要考虑的问题。西荣社区是凉山州美姑县牛牛坝镇的典型搬迁安置社区之一，在社区书记莫石的带领下，西荣社区的搬迁民众正在朝着美好生活一步步迈进。

一、服务：扎根一线，躬行服务，开出幸福之花

　　莫石在大学毕业之际，怀着服务一线的愿望，报名了西部计划志愿者，回到凉山州雷波县开展了为期三年的一线服务。2020 年 7 月，莫石的三年服务马上结束了，面对当时的单位抛出的"橄榄枝"，他由于思念家乡，挂念亲人，并且想继续从事一线服务，于是拒绝了转正的机会，回到了家乡美姑县。后来在党委政府的培养和社区居民的信任下，莫石被选为西荣社区的书记。

　　西荣社区的搬迁居民覆盖 13 个乡镇，52 个村，人数庞大，人员繁杂，绝大多数都是山上搬下来的彝族农民，最初让莫石书记很是头疼。"他们每个居民都是从高山上搬下来的，但是这些居民呢，他们搬下来居住在这个地方，生活各种不习惯，我们现在最主要的任务就是把这个老百姓的思想观念给他转变一下。"莫石书记这样说道。

　　这些老百姓刚搬进社区的时候，完全保留着在山上的习惯，屁股一落席地而坐，还因为脱贫后的政策变化，比如交医保费之类的事情，跟莫石书记吵架。对于这些现象，莫石书记始终抱着一种包容和理解的心态。他说："其实他们在这个城市里生活真的很不简单。以前在农村里面，只要白天起来干活，晚上睡了，啥都可以不管，但是搬下来以后呢，这个就不一样了，得考虑子女上学，考虑怎样来养活家人，肯定这个思想观念、意识上需要转变的有很多。"莫石书记知道这个改变需要时间，他不断地在社区展开思想宣传和教育，每天在社区转来转去地观察、纠正居民的行为，在他的不懈努力下，社区居民的思想观念和生活习惯有了很大改变，他们不再席地而坐、乱丢垃圾，也与莫石书记相互建立了信任关系。莫石书记说："与去年的这个工作经历相比，今年的话，真的给我减轻了可以说是50%的压力。"如此显著的工作成效让莫石书记很是欣慰，他感受到了有付出就有收获。"成就感的话现在还不敢说吧，"谈及在工作中最有成就感的一件事情时，莫石书记说，"看到他们改变了这么多，我觉得这也是居民对我的信任和认可吧，真的给了我很大的动力。"

　　搬迁居民住下来了，但要让他们住得开心，增强对社区的归属感，把社区当成真正的家园，莫石书记为此还做出了许多努力。

　　首先，西荣社区搭建了完善的基础设施，比如，针对老年人的"日间照料中心"、针对青年人的"青年之家"，还有针对小朋友的"儿童之家"等，一应俱全。"我们所有的这个基础设施全部都是分类建设，已经建完了，现在每一周都有专人为他们来进行专门的服务。"莫石书记介绍道。在老年日间照料中心，社区老年人可以聚在一起下棋，还会有专门的人给他们提供按摩等服务；在儿童之家中，也有专门的志愿者开展"四点半课堂"活动，为放学的小朋友辅导作业。

　　其次，在莫石书记的带领下，西荣社区经常开展各类文化娱乐活动，促进社区居民感情。2022年是凉山州建州70周年，莫石书记组织了自西荣社区成立以来最大的一场庆祝活动。在活动中，他组织社区居民分为四个组开展达体舞比赛，动员居民参加口琴比赛，许多居民都参与了这次庆典，莫石书记不仅对胜利的队伍给予现金奖励，还给其他队伍颁发精神文明奖。这次活动的反响异常热烈，不仅传承了彝族传统文化，而且极大地提升了居民的熟悉度和社区归属感。"其实那些小活动经常在举办，"莫石书记说，"有的人搬下来生活不自在，我们想到举办这样一些活动，是为了老百姓搬下来以后，他们之间能更好地相互了解、相互沟通，有些老百姓住在这里很孤独，所以举办这些活动，也可以培养一下邻居之间的感情。"为了让搬迁居民住得惯，生活得开心，莫石书记付出了许多努力，也收获了巨大成效。

二、致富：促进就业，打造品牌，共赴美好明天

谈及社区书记的工作中最困扰他的事情是什么时，莫石书记说道："最困扰的还是怎样能把这些居民给带动起来，促进家庭集体增收。说白了，就是怎样带动他们外出务工，多挣笔钱，养活自己。"

莫石书记的每一步规划都是在切实地为居民考虑。他说这些居民从山上搬下来生活真的很不容易，没有了土地种田种菜，买菜买肉处处都需要钱，所以在对社区进行规划时，他会更多地考虑居民的切实利益。"原来我准备把我们社区建设成花园社区那种，"莫石书记说，"但是我现在想了一下，我的这种花园社区，做起来其实对老百姓是没有什么用处也没有什么很大的收获。"于是，在慎重考虑后，莫石书记准备放弃花园社区的构想，转而着力打造一个"微田园"，对此，他已经有了初步的构想：把社区空地留起来，整合在一起统一规划设计，几户人家划分一块地，大家一起来种这块地。"用来种菜也好，种葱也好，至少他们可以不用去外面买这个东西，减少一些家庭支出。"这是莫石书记的期待。不过莫石书记也知道，这件事做起来很难，因为涉及到居民的利益分配，要是分配不合适，很可能产生误会，造成争吵。"这个矛盾是肯定会有的，但是如何化解这些矛盾，这将是我们下一步工作中有可能面临的困难吧。"莫石书记说。

为了增加搬迁居民的收入，促进搬迁居民就业，政府出资在当地修建了工厂和养殖场，并且出台了完整的补贴政策，但如何去落实，并切实带动每一个社区劳动力实现就业，将是莫石书记的工作重心。工厂去年已经建成了，在促进居民就业上也取得了不错的成效。"现在在工厂里面就业的就有500多人，都是我们社区的呢。"谈及此，莫石书记十分骄傲。

不过，在促进居民的集体增收上，政府所做的努力不仅是修建工厂。莫石书记说，在县政府的投资下，西荣社区和隔壁北辰社区共同搭建了一个养殖规模在1 600头牛左右的养牛场，预计将发挥重要的作用。"这个是我们社区一个集体增收（的渠道）嘛，可以带动这些居民在那里就业务工，"莫石书记对此十分期待，他还介绍了国家的养殖补贴政策，"养一头牛，200斤以上的，补贴是1 500元，如果养两头牛的话，一年就增收了3 000元，多养多得，少养少

得。"他说这样的政策就是为了让有劳动力的居民们不要总是犯懒待在家里，"要么去种地，要么去务工，要么去养殖，只要你做了，政府就会给你补贴。"

除了传统的务工、养殖之外，莫石书记还在积极探索其他致富路径。他考虑到一些不便外出打工的社区妇女，正在想办法促进她们的居家灵活就业，具体想法是引进手工艺制品，让妇女制作手工艺品来卖钱，但还需要更详细充分的计划。"对于在家的这些妇女，我们下一步也有计划，也是我们可能会面临的一个困难，就是怎样能把一些手工之类的，都引进到社区里来，实现居家灵活就业，让她们在家可以挣到一份钱。"莫石书记这样说道。

"我要把这个社区打造成我们美姑县最好的一个社区！"这是莫石书记的"野心"。莫石书记最大的期望之一，就是在稳住居民、增加居民家庭收入的基础上，将西荣社区建设好，建设成一个品牌社区，再逐步推广出去。对此，莫石书记已经有了初步的计划，并马上要落实到行动了。

莫石书记提道，他们这边旅游资源紧缺，所以他准备打造"网红一条街"，以此来带动当地的旅游发展："因为社区刚好围墙旁边就是一条河，把这个河打造成网红打卡点，打造成一条彩虹桥，这个是我下一步（的计划），现在马上启动了。"

三、"彝路相伴"，共建美好家园

在访谈中，莫石书记突然主动问道："你们李老师应该还过来吧？"于是自然而然地聊起了"彝路相伴"项目。谈及与"彝路相伴"项目的缘分，莫石书记很开心："其实最开始'彝路相伴'行动没有包含我们社区，是李老师主动来服务我们，把我们社区纳入了'彝路相伴'行动。"莫石书记很肯定"彝路相伴"行动计划给西荣社区带来的改变，因为在"彝路相伴"行动计划来社区开展项目之前，他们根本没想到该怎样去探索居民的兴趣，尤其是去探索一些老年人喜欢的东西。但"彝路相伴"行动计划在社区开展之后，针对社区里的老年人、青年人，发起了形式多样的服务与活动，带来了许多不一样的服务模式和活动类型，带动了社区之后的活动开展，具有很强的借鉴意义。莫石书记提到："当时有个老年人，在这个'彝路相伴'项目做了活动以后，他都还在问我，以前的这些老师哪里去咯，对他们有些感情了。"所以，我们也会尽量想办法多策划一些活动，将"彝路相伴"行动计划带来的情感延续下去。

同时，莫石书记也对"彝路相伴"行动计划提出了自己的想法："我希望他们下一步来说，特别是对我们这个社区的一些青年娃，培养一下这些娃的思想观念，让他们改变，小手牵大手，让娃来改变我们社区的这些老一辈的思想观念。"

莫石书记之所以会想到这一点，是因为曾经在这方面有过成功经验。在社区刚成立的时候，面对社区成年人席地而坐、乱丢垃圾的行为，莫石书记组织了一批小朋友成立"少先队"，让小朋友们在放学后、周末去发现这些行为并提醒他们改正。面对少先队员的反复提醒，大人们都会感到不好意思，久而久之就不会再乱丢、乱坐了，这个行动取得了很大的成效。莫石书记由此想到，成年人之间反复提醒劝说，其实很容易产生矛盾和误会，反而是通过小朋友来改变大人，会产生意想不到的效果。"平时我们在社区里面的教育还是要做，但把娃娃带动起来教育父母，是最好的一个方式。"莫石书记说道。

最后，谈到对"彝路相伴"行动计划最大的期待时，莫石书记脱口而出："这三年过了，再继续三年好了！"他说，李老师他们做这个项目真的很不容易，如果再继续追加三年服务的话，对我们社区内部工作、对整个社区基层治理，肯定会有很大的帮助。

四、案例评述

本案例形象地描述了美姑县牛牛坝镇西荣社区党总支书记莫石在社区的工作情况。由于本地人才的缺乏，再加上自身综合能力的突出，曾经担任过西部计划志愿者的他，在党和政府的培养下成为身担重任的社区党总支书记。成为社区党总支书记后，他用心扎根一线，躬行服务，从社区的各种需求入手，逐步推进社区的各项治理工作，成效明显。在推进社区的基础设施完善与升级、社区居民的多样化就业、品牌社区的谋划等工作中，大家看到了一个基层社区书记忙碌的身影。从他的视角中，我们也看到了"彝路相伴"行动计划带给社区的显著改变，体现在有效探索居民的需求、如何开展具体的服务行动、赢得民众的积极评价等。这也正是四川省民政厅策划和实施"彝路相伴"行动计划的重要初衷，即充分运用社会工作的专业理论，有效助力易地扶贫搬迁社区的后续治理。

专业助力，用心服务

—— 记彝欣社区书记阿体

撰稿人：西华大学"彝路相伴"项目工作组

初见阿体书记，他正忙着组织会议，电话沟通，现场协调指挥，一股麻溜劲儿，手里的活儿就没停歇过。阿体书记生于 1988 年，黑瘦体型，高鼻梁、大眼睛，是非常典型的彝族同胞长相，透露着精明能干的神气。在这个年轻人的带领下，凉山州喜德县规模最大的易地扶贫搬迁集中安置社区——彝欣社区，在建成后的几年内就被治理得井井有条，初步实现了"搬得来，安得住"。当提出专访要求时，这位接受过包括央视等多家权威媒体采访的彝族汉子露出腼腆之色："专访就不用了吧？也就是做好自己分内的工作，为社区居民服务好。"

阿体书记是喜德县两河口镇人，家里有 2 个弟弟和 1 个妹妹，在家里排行老大。因为弟弟妹妹多，需要照顾，所以他比同龄的孩子早熟。2010 年，在县上一个社区工作的阿体书记热爱上了社会工作者这一职业。当时要成立凉山易地扶贫搬迁集中安置点，需要有社区工作经历的人来主持工作，阿体因为在社区工作的口碑好、工作能力突出，被选到大型安置点彝欣社区工作，就此阿体在社区工作中不断历练成长。专访时临近彝族火把节，阿体书记说这段时间很忙，火把节给自己放不了那么多天的假。彝族人天生能歌善舞，在空闲时阿体书记也自学了吉他，休闲娱乐，劳逸结合。

易地扶贫搬迁社区新建时往往问题较多，彝欣社区也不例外。经过调研，阿体书记了解到，迁入的居民存在普遍的社会适应问题，如生活不习惯，畏难情绪比较严重等。新建的房子刚通了水电，但经常跳闸；年纪大的居民不会用水用电，还经常走错楼栋、单元；有些居民往楼下乱丢垃圾；年纪大的老乡舍不得用电，他们还是保留着原来的生活习惯，甚至捡拾柴火在房间里烧火做饭。

彝族人家族观念强，以前以村为单位，山上周边住的都是熟悉的亲戚。山上原来的旧房子除了在 2019 年 12 月底部分被留作生产用房过渡外，其他都拆了。老年人在山上有一亩三分地还能种点粮食和蔬菜，养点家畜，这样既有事情做，又能有点收入。刚搬到社区的时候，他们无事可做，感到空虚和寂寞，一些人常问社区工作者："还能不能回去啊？"而大多数的年轻人的想法跟老年人不同，他们早在山上的时候就外出务工，见识多，接受了新思想，搬下山后外出务工和回家都方便多了。他们普遍认为种庄稼成本高，除了收回生产资料的成本外，挣不上什么钱，相比之下，还是打工更能增加收入。

基于上述情况，社区在各楼栋都建了约 20 平方米的"微田园"，里面可以种果树和蔬菜。阿体书记说："种一棵树，就是扎根的寓意。希望搬迁安置点的居民能够'搬得出、稳得住，能发展、可致富'。"老乡的行为习惯需要慢慢引导改变。党组织建立起来，可以引领党员为社区的老百姓服务。为了调动老百姓的积极性和增强社区的凝聚力，积分超市由四川省民政厅"彝路相伴"项目牵头设立。由党政部门采购物资，慈善机构资助、捐赠，民政部门安排社区进行对接。阿体书记说："以前要喊社区居民干个什么喊不动。激励积分就很有意义，社区居民为自己做事，拿积分兑商品就很有干劲，老百姓改变很大。"阿体书记平易近人，对社区居民极为友善，没有"官架子"，社区年纪大的老年人称他为"阿依"（后辈之意），同辈见他亲切地称呼为"麻子妮么"（同辈之意）。

阿体书记认为："社会工作很重要，社工组织可以购买政府服务，在很多方面，他们更专业。"对于社区治理，年轻的阿体书记看得更为长远："乡镇联络员有一天要是撤了，我们怎么办？不能总是依靠他们，得自己培养一支专业的队伍协助社区治理，带动社区工作者做社工。"因此，与大多数易地扶贫搬迁安置社区不同，这些社区由原来的乡镇干部接任管理，而彝欣社区则走出了一条靠挖掘自身潜力，并依靠自身力量培养社区治理人才的新路子。

其实，对于年轻的阿体书记能不能治理好社区，一开始老乡们也有很多质疑声。要有治理好社区的能力，还要以身作则方能服众。彝族人家族观念重，亲友们看到阿体书记当领导了，也想让他帮衬一把。阿体书记的叔叔曾想找他"开后门"谋一个工勤岗位，被他直接拒绝了，后面亲戚都不敢找他了。因为处事公平公正，阿体在老乡中很有威信。社区里一位 80 多岁的老奶奶说起阿体书记，直接竖起了大拇指，脸上的皱纹笑开了花："这小伙子对我们好，跟自己孙子一样。社区好、习主席好、共产党好！"

在彝欣社区里有个小伙子，智力有些缺陷，家里爸爸、哥哥是哑巴，妈妈得癌症去世了，只有弟弟智力看起来还正常。通过"彝路相伴"项目，社区开展志愿服务活动，平时衔接社会资源，为他们提供生活用品。另外，社区还给他提供一些工作机会，比如参加公益性岗位，每个月社区给几百元的补助，让小伙子靠自己的劳动获得报酬，此外还有积分超市的奖励，生活也算过得去。小伙子把阿体书记当成了他的"妈妈"。

此外，社区有一户，男主人70多岁，第一任老婆去世了，两个儿子也死了。后娶了一个年轻的老婆，一级残疾瘫痪在床，他们还有一个女儿在读小学，没有劳动能力。这户人家主要靠每个月领低保和残疾人补助。老人在社区做志愿服务，可以得到点生活补助，每个月几百元。由于出不了门，但自己有点经验，老人在快手、抖音上做直播，阿体书记也专门请了人上门指导，一个月有上千元的不固定收入。一家三口每年人均收入1万元左右。老人对阿体书记和社区非常感激。

阿体书记说："社区居民来自9个乡镇，（干这个社区工作）很挑人的。我跟他们就是面对面的朋友式交流。你尊重他，他也尊重你。"经过几年的治理，彝欣社区居民的关系变得非常融洽。阿体书记说："我们不是在管理他们，很多时候我们是跟社区居民学习，有不同意见我们再商量，社区治理是需要我们共同参与的。他们以前是住在山上的，跟社区的管理方式不一样。很多乡镇老百姓还享受以前的服务，我们不能照搬以前的管理模式。经过100天、200天、300天的潜移默化，他们会慢慢适应并喜欢上社区。"

谈到现在社区治理的改变，阿体书记不禁喜形于色："现在老乡们的行为习惯改变了。你们看到现在社区的卫生很干净，老百姓乱丢垃圾都会不好意思，我们为社区志愿者设立的公益岗也解决了社区部分老乡的生活负担。以前住到山上，老乡们自己没知识文化，有矛盾了还老打架。他们对教育不重视，用的老一套的教育方法，刚到社区很多儿童不会说普通话。现在搬到社区以后，老乡们的教育观念改变很大，小朋友们学习到好的教育观念也会影响父母，他们有条件的会争取把子女送到好学校。"

现在凉山州积极宣传村规民约移风易俗，在社区的引导下，老百姓的转变也很大。阿体书记说："老百姓面子思想都重。以前像老百姓结婚，男方出彩礼至少要三四十万元，借亲戚朋友的钱婚后再还，因此像这种结婚致贫、生病返贫的特别多。为落实移风易俗的村规民约，像操办红白喜事，社区有免费场地给你，规定不超过多少桌，不能大操大办，社区轻轻松松就做了，这样有利于所有党群干部治理社区。彝族人重感情，每年从9月份到汉族年，每次赶人情出礼人均两三百元。社区里买房子、结婚、升学的非常多，自己工资都不够出礼呢。"现在他们也逐渐意识到有些陈规陋习不可取，对凉山州移风易俗的规定，社区里绝大多数人都表示很赞成。

四川省民政厅杨伯明巡视时曾说："阿体的成长史是专业的社会工作者的奋斗史，我们凉山易地扶贫搬迁集中安置社区需要这样专业、热爱社区工作的本土干部来管理。同时，还要督促他们进修考试，以便他们对社区治理工作更专业。"对此，阿体笑着说："杨巡视每次见到我，都很关心我。问我参加社会工作职业资格考试没有？我一直把这个事记在心上，现在我已经考过，拿到证书了。"

阿体书记的成长，让我们看到了从普通的工作者转变为易地扶贫搬迁社区负责人的过程中在行动上和思想上的蜕变。从小范围的助人自助，到党的优秀社区，他将对社区工作的小爱化作对为人民服务工作的大爱。就是因为有着像阿体书记这样千千万万的本土社区干部，民族基层社区治理、国家治理才有了坚强基石，也让我们看到民族地区乡村振兴的希望之光。

案例评述

培育一支有澎湃的工作热情、有清晰的工作思路、有新时期治理理念的社区干部队伍，是促进易地扶贫搬迁社区逐步走向善治的有力依托和保障，也是"彝路相伴"项目的核心目标之一。这样的服务目标，在喜德县彝欣社区党委书记阿体身上是体现得非常明显的。他曾经在社会组织里工作过，在早年就接受了社会工作专业知识的熏陶，后来又曾在多个社区里任过职。彝欣社区建成后，他就成为社区管委会的重要成员，并被选为社区副书记。彝欣社区"两委"换届后，他在党和政府的信任，在社区居民的支持下，当选为社区党委书记。在"彝路相伴"项目的引领下，他带领社区"两委"和社区居民，充分学习和运用社会工作的知识、技巧与价值，一路积极探索，用心服务，创先争优，逐步把彝欣社区打造为"治理有效、居民幸福、各界认可"的优秀社区，深受各方肯定。深入推进易地扶贫搬迁安置社区治理，必须坚持和加强党的全面领导，要充分发挥各级党组织稳定军心的作用，让搬迁群众切实感受到党是他们最牢固的靠山，而在其中社区书记的作用是非常重要的。彝欣社区的例子，可为其他类似社区提供积极的借鉴。

想回到 17 岁的阿力阿玛

—— 来自易地扶贫搬迁社区老人的真实讲述

撰稿人：阿体

2022 年 10 月 12 日中午，我受四川省民政厅一位领导的嘱托，来看望之前他去看望过并一直牵挂着的社区居民阿力阿玛。阿力阿玛的真实名字是阿说牛牛，阿力阿玛是跟随现在已经去世的老公姓，所以亲朋好友大都亲切地称呼她为阿力阿玛。2019 年 10 月，阿玛就从原居住地喜德县两河口镇的火足莫村搬迁到了彝欣社区，现居住于彝欣社区 23 栋。现年已经 82 岁的阿力阿玛可以说是儿孙满堂，育有一个儿子，三个女儿，都已经成家。大儿子家有五个孩子，大的两个孙子跟随其父亲在深圳务工，其余都在上学；大女儿嫁在内蒙古，还没有生育；二女儿嫁在喜德县城附近，育有四个孩子，都在上学；三女儿也是嫁在县城附近并育有三个孩子。阿玛说三个女儿和女婿经常来社区看望她，大女儿才从内蒙古回来看她，在家里待了差不多 1 个月，刚回去。三个女儿很是孝顺，阿玛说三个女儿经常给她 300、500 元的零用钱，但她自己平时用钱的地方很少，都是儿媳在照顾她吃穿，所以她把平时存下来的钱偶尔拿一点给孙辈们，特别是用作过年过节给的"裤史康巴"（彝族年小孩子的压岁钱）。

阿玛现在住在社区里，每天她都可以参加社区为老年人提供的各种活动。她不好意思地笑着说道："我年纪大了，只能唱唱歌，一般都是当观众，但是能参与其中，就感到非常快乐。"说到这儿，她说以前住在老家，自从丈夫去世后一个人在家，子女都外出务工，除了她自己，家里什么事都做不了，每天只有跟鸡鸭作伴，生活很单调，思想也很空虚。不像现在，社区里面有专门服务老年人的社工，带领他们开展丰富多彩的社区活动，这样她还可以认识更多的社区朋友，觉得时间过得很快，身体也很好。

阿玛对我说，现在什么都好，不像以前，老家的房子冬天漏风、夏天漏雨，所以她说不想变老。阿玛说她上次在社区广场参加活动的时候，杨巡视来社区了，看见她们在做活动，杨巡视也跟她们一起参加了活动，跟她说了很多关心的话，还照了相、握了手。在那之后杨巡视还亲自到她家去看望她，阿玛说这是她从来没有想过的，以前只在电视上看到过"阿木阔"（彝语里是领导的意思）。她说那天客人来了家里也没有啥招待的，感觉很不好意思。那次她就对"阿木阔"说：以前毛主席让她们真正当家做主，现在的习近平总书记让她们住上了好房子，过上了好日子，所以每次电视上看到毛主席和习近平总书记她都会激动地流泪。我问阿玛，你不会用电器那平时电视怎么看的呢？她说是她的孙子教会她的，她很骄傲有几个很懂事的孙子。

阿玛说自从从老家搬到社区以后，她越活越想变年轻了，想回到17岁。我开玩笑地问阿玛："您怎么会想回到17岁，而不是其他年纪呢？"阿玛说了一些经历，我也从中了解到阿玛在17岁的时候就嫁了人，他们非常恩爱，当时结婚的时候只花了一只羊就办完了婚礼，那时村子里的人还幸福得很。所以她说现在共产党搞移风易俗她非常的支持和赞成。她说她有很多孙子，这样就可以把省下来的钱用来做很多其他事情。阿玛说到，只可惜后来她第一任丈夫不到几年就因身体不好病逝了。过了两年她又嫁给了附近村的一个小伙子，阿玛说她不喜欢所以结婚没有多久就离婚了。再后来到了28岁的时候，嫁了现在的丈夫（已经去世）。

阿玛比一般年纪的老人显得老一点，应该是阿玛一生多苦多难的原因吧。阿玛的牙齿已经只剩下一颗了，我问阿玛："你吃饭的时候是不是很困难？"阿玛说已经习惯了。我对阿玛说我可以帮忙做假牙时，她说"卡沙沙"了（彝语里的谢谢），因为她年纪大了牙龈已经萎缩，不能做了。阿玛说她还认识我的奶奶，说我的奶奶年轻时候很漂亮、很优秀的，十里八乡都知道她，她以为我奶奶已经去世，因为我奶奶比她大好多岁。她说我也是她孙子，邀请我要经常来她家坐一坐、吃吃饭。

我是中午去的，和阿玛聊了差不多一个半小时，怕影响她的休息就回来了，真心地祝愿阿力阿玛能够身体健康、万事如意，安享晚年。在社区基层工作10余年，我看到过千千万万的阿力阿玛，也有千千万万的留守儿童、留守老人……作为社区书记，要做的事情还有很多，关爱老人、关爱留守儿童等都是我们的一项长期工作。作为父母或子女，很多时候我们却给自己找各种理由来减少对父母和子女的关心。我觉得社区不仅仅是一个地理空间，更是一个兼具文化、情感、价值、服务等多元素的共同体，一个社区最重要的是要有温度，这样才能促进政府、社会、居民良性互动，真正像一个大家庭一样。

案例评述

俗话说"金杯银杯不如老百姓的口碑"。在本案例中，彝欣社区居民阿力阿玛的故事，生动形象地诠释了"彝路相伴"行动计划的服务理念与服务成效。在党和政府的领导下，"彝路相伴"行动计划是深得民心、深受群众欢迎的。案例中，社区不仅了解阿力阿玛的家庭情况、生活习惯、精神需求，还细致地关心了她的牙齿、视力等健康状况。这种全方位的了解显示出社工的耐心和责任心。社区组织开展的丰富多彩的活动让阿力阿玛感受到尊重和幸福，社区也链接了资源为她提供生活照料。同时，社区还积极引导阿力阿玛正确理解党的政策，让她充分感受到党和政府的关怀。社区的这些努力，也获得了阿力阿玛的高度评价，也正是这样才使她产生了"想回到 17 岁"的愿望。

彝地微光，由我照亮
—— 记社工学生在彝地的那些日子

撰稿人：张樊

一、六则故事
故事一：在彝地的生日会

这是最难忘的一次生日会，我现在也依旧这样认为，新茂回北京了，乙洁也返回了成都，当时只有我和一位彝族的驻地社工拉以。2021年6月11日晚12点，拉以给我打了一通电话，祝我生日快乐，我表示了谢意。当天我回到办公室，拉以急匆匆地搬来箱子当作桌子，我和他坐在地上，吃着他妻子给我做的生日餐，那是我第一次尝到荞面粑粑和彝族腊肉的味道，荞麦有些苦，自己熏的腊肉还带着树木的清香，我以为这个生日就到此结束了。

像往日那样，我带着当天的小朋友们到广播室播音。小朋友们在播音时发现了拉以写给我的生日祝福，顿时惊呼，播音结束后小朋友们跑去给我写了很多的小纸条。在播音时，拉色和比布两人扭扭捏捏，他俩从书包里掏出小礼物，是一个带着玫瑰花的蓝色小熊和一个黄色小玩偶。后来我才知道，比布在学校里很受女生欢迎，当天很多女孩子都在逼问他蓝色小熊是送给谁的，比布红着脸慌乱地藏起蓝色小熊，现在我还能想象到当时的场景。

傍晚，拉色非拖着我去玩围棋，我不懂这小孩不回家玩什么围棋，我被拉走时，依稀看到拉以和几个小女孩匆匆忙忙地遮挡背后的气球，那是想把给老人生日会上的气球粘起来给我庆祝吧，她们用彝语对话，我听不懂，我猜大抵是不要告诉我这个惊喜吧。那晚还有蛋糕，我们玩得很开心，蛋糕都弄在了脸上。后来才知道，乙洁提前告诉了机构我的生日，于是有了这样一个难忘的惊喜。

故事二：21 岁的我捡到一对龙凤胎

"老师，我打篮球很好的，不信你看。"

"你居然夸他成绩好，我成绩更好，我们班都是五年级的第一名。"

"你什么时候走呀，我来送你。"

在写下这些小故事时，脑海里都是拉色的话语……如果再去布拖县，我一定会选择重走社工站到拉色家的这条路吧。

第一次遇见拉色，是他来社工站借篮球玩。那天天有些黑了，我们带上了拉色一块去县城吃饭，回到社区时下起了大雨，拉色没有伞，固执地要自己回家。路很远，又没有路灯，我和乙洁决定送他回家。路很滑，雨天的泥泞道路上满是癞蛤蟆，稍不小心，便踩到了一只，拉色吓得哇哇叫，但还一直要求自己回家。我们也很恐惧，一路听着蛙声，路过一堆矮矮的房子。远处传来狗吠声，我们三人牵着手，用手机打着灯光，结果发现拉色家大门已锁，无奈我们与拉色一起翻入了他家。我们坐在火盆边，看着他吹干头发，烤暖和后才离开。我和乙洁回社区的路也并不顺利，远处看不到灯光，一路走一路后怕，来服务时老师告诫我们要注意安全，夜晚不要出门。那是第一次那么晚了还在布拖街上，路好像特别漫长，我和乙洁互相挽着，手心全是汗，走了很久，当看到县城的灯光时才松了一口气。

第二日拉色过来，我们调侃那么酷帅的小男孩居然是一个怕癞蛤蟆的小哭包。他有时想在社区玩到很晚，我们就会用那晚的"窘态"吓唬他早点回家。这个时候我们还是学生与社区老师的关系，小朋友们会叫我张老师，当然我一直提议他们叫我小樊。

端午节时，小朋友们询问我汉族端午节是不是要吃粽子，他们没有吃过粽子，于是我带着拉色和一个名叫日扎的女孩去县城采购粽子。他们一早就出来了，没有吃饭，我们就一起去餐馆吃饭。两个小朋友都很害羞，不好意思夹菜，老板见我一直给他们夹菜，与他们嬉笑。一脸和善地看着我，对我说："你对你的孩子真好，是龙凤胎吧，长得好像。"

当时我起了些恶作剧的想法，我把他俩揽入怀中回应着老板："那可不，像吧！"

老板还询问着孩子的爹去哪里了，我敷衍地用外出打工这个理由结束了这段对话，不过在我怀里的两个小家伙羞红了脸。

从那次后，拉色和日扎有时会叫我小樊，但在我与其他孩子一块玩耍时，会跑去拉着我悄悄叫一声妈妈。这种感觉真是太奇怪了，21 岁就有了两个上五

145

年级的孩子。我一直很好奇为什么老板会问这个问题，当我在社区居住久了，我就有了答案。社区里有一些 20 岁左右就已嫁人并成为母亲的女孩们，我们认识后会坐在一块聊天，我对她们的"娃娃亲"很感兴趣，她们也很好奇为什么我作为家里的长女还能去读书，还好奇我在大学里发生、经历的一切。我想正是这些日复一日的自我披露，让我们走得更近了。

正是因为这些日常的相处，离别时才会那么不舍。即将离开时，我与乙洁提议送拉色回家，有始有终。那晚，我们走了好久，都希望这条路没有尽头，我们从田间穿过，拉色还调皮地躲起来让我们找他，人影在月光下，小心翼翼地踩在田坎上，我们在小溪水边留下了合影，当作是这两个月相处的纪念。

故事三：入户探访

很清楚地记得那个傍晚，和同事一起去社区的小朋友家里做入户探访。来到名单上的楼层，敲门后，一个小女孩从半开的门后探出身子看着我们。我们跟她说明了来意后，她很有礼貌地邀请我们进屋。女孩指了指我们要找的对象，顺着女孩手指的方向看过去，藏蓝色的沙发上有五六双眼睛懵懵地看着我们，听到声响后，又有一个脑袋从沙发被里钻出来，我定睛一数，一共 7 位小朋友。在这过程中，了解到这 7 位小朋友是亲戚关系，家长都在老家，为了方便上学，所以他们结伴住在社区里。平时都是年龄最大的两位姐姐照顾其他 5 位小朋友，一个姐姐 13 岁，另一个 12 岁，做饭、洗衣、打扫卫生等家务都是姐姐们包揽。在姐姐跟我们一一介绍她弟弟时，我环视了一圈客厅，沙发前的茶几上放着 3 个书包，翻开的练习册，一块小小的橡皮擦，还有几支铅笔，另一边的单人沙发上放了几件衣服。沙发对面是一个电视柜，电视柜上放着 26 寸的电视，没开门前，他们都坐在沙发上看电视，电视后面接了一个插线板到地板上。

看着面前负责照顾其他弟弟妹妹的两位姐姐，心里油然升起一股敬佩之情，她们竟然如此独立、坚强，不仅操持家务，还照顾弟弟妹妹。在与她们的交谈中，她们都没有任何抱怨，反而很认真地回答我们的问题，让我更加佩服她们。最后离开的时候，小朋友们都很热情地与我们道别，并说放学后要去图书室和儿童中心找我们玩耍。

故事四：做吧，会有回应的

在社区实习的日子里，我还参与了劝辍学孩子返校的工作。刚开始就碰到一个"难啃的骨头"——小丽丽，四年级，她已经旷课两个月了，而且不出门见人。为了让她开门，我们每天都会去找她，敲她家的门，在她家门口唱歌。社工站的孙老师说，她不出门，也不吃饭，所以我们还给她送了好几次饭。为了看她一眼，每次送饭后我们偷偷地躲在楼梯口，为了让她相信我们离开她家门口了，送饭后我们会特意绕到她家窗口下跟她说："我们走了，你要好好吃饭哟。"接着又偷偷摸摸溜回楼梯口，看她会不会出来拿饭菜。有一次我们躲在楼梯间，等着她出来拿饭菜，没过一会儿就看到她探出半边身子拿了饭菜，接着是"啪嗒"一声反锁门的声音，似乎很害怕我们进去。

我们还给她留小纸条，期望她能回复，但她一次都没有回复，连续去了6天，我都快没有耐心了。可有一次晚上，我们又跑到她的门口唱歌，唱完歌后，下大雨了，我们没有带伞。便询问住在她楼上的小朋友有没有伞可以借给我们用一用，楼上的小朋友说没有。在我们准备淋雨回去的时候，小丽丽可能听到了我们的对话，把门打开了一半，门后伸出握着两把雨伞的手。我们很激动，立马伸手去接雨伞，怕她下一秒就把门关上。她长得很清秀，眉毛很好看，说话时声音怯怯的，不太敢抬头和我们对视，也许是太激动，我们问了她许多问题。问她我们能不能进去坐坐，她说："家里太乱了，下次吧。"她还是有些害怕我们，门一直半开着，我们的交谈并不长，聊了一会儿后，我们就走了，担心说太多她会抵触我们。那天很开心也很激动，原来我们做的一切都会有回应，只是来得稍微晚一些而已。

故事五：与共享单车的爱恨情仇

说出来你可能不信，如果我再多待一段时间，布拖县所有共享单车换电员都会有我的微信。共享单车是往返社区和县城最方便的交通工具，我和同事骑着单车做过很多事情。最喜欢的事就是骑共享单车逛村子，以依撒社区为中心，在可骑行范围内，我们逛了很多村子。看羊角挂在门上，看土豆地里开着大片的土豆花，看到处乱逛的鸡鸭，看田边发呆的牛，看上一届火把节获得冠军的黑绵羊吃草，看乱七八糟的电线从一棵树上穿过，看着院子里晒的民族服饰，看村子里的人们闲聊，看家门口空地上忙碌的妇女，和吃棒棒糖的小朋友对视，跟害羞的小女孩打招呼，不亦乐乎。

除此之外，我们还喜欢"收藏"共享单车。有一次，为了骑到满电的共享单车，我们直接来到共享单车的"老巢"，看着院子里一排排的共享单车，我们的眼睛都亮了，那一刻我和同事酝酿出一个大胆的想法，把共享单车一辆一辆地全骑回社区，每天换着骑，因为我们经常骑共享单车外出，而单车如果没电了就很麻烦。当然这种事只能想一想，肯定是不能做的。不过，我们加上了共享单车换电员的微信，每次电车快要没电时，我们就及时告知对方，让他来社区换电池。最后，我已经累计加了四位换电员的微信了，还分别给他们命名为一号、二号、三号、四号换电池小哥。从最初开共享单车周卡只要 3.99 元到后来的 15 元，可见我们的使用频率高到都被大数据"杀熟"了。

其实我们并不喜欢"收藏"共享单车，主要是因为单车投放量太少了，满足不了骑行需求。不仅如此，如果外出使用它，也一定要看好它，不然一个不注意，它就被一帮小朋友推走了。有一次停车买水时我们没锁车，一回头车就没了，导致我和同事每次外出吃饭总爱选靠窗的位置，就是为了提防共享单车被骑走，所以我们很珍惜每一次使用它的机会。

虽然现在很少骑共享单车了，但是骑着它逛村子、去县城的日子仍旧是我会不断怀念的美好时光。

故事六：懊悔

准备离开布拖的前一天，我犯错了，一个现在回想起来还是觉得无法原谅的错误。我在社区里认识了一个叫拉色的小朋友，他活泼、开朗、幽默、有个性，他会积极参加社区里的活动，喜欢跟我们一起玩耍，还会跟我们分享很多社区里我们不知道的趣事，渐渐地，与他的接触越来越多，我们变得熟悉起来。

离开社区前两天，我们和拉色玩到很晚才送他回家，可在回家的途中由于种种原因，导致他没有回家，而是在我们宿舍留宿了一晚。第二天又继续跟着我们还有其他小朋友一起爬山、打球，和伙伴们、小朋友们开心地度过了一个白天，在此期间他没有回家，也没有和家里打任何一通电话联系。晚饭后，我负责把小朋友送回家，这时候他家人通过 QQ 找到了我们这几天的聊天记录，给我打了一通语音电话，拉色接了，全程使用的彝语，所以我不知道他们说了什么。挂断电话后，拉色就和我说，他不想回家了，让我帮忙把他留在我们办公室一晚，我没有同意。而那个电话挂断之后，拉色的父母便一直给我打电话，我把手机拿给拉色让他接，可是他没有接，甚至把接下来的很多通电话都直接挂断。我当时也不知道怎么了，竟然任由他拿着我的手机把他父母的电话一通通挂断。后来他告诉我他要偷偷溜回家，不想走正门，所以他带着我走了一条小路，我竟然也没有拒绝。小路上没有路灯，天上连月亮也没有，很黑很黑，只有手机电筒发出来的光。走了 20 分钟左右，在快要到他家的时候，他跟我说，别送了，前面就是他家，我坚持送他回家，他不愿意，又说家里人不喜欢我，而且现在很晚了之类，用各种理由拒绝我送他回家，我也不知道怎么的居然又同意了。

因此，最后我只是目送他进了家门，当看到他进了家门后，我开始翻看手机，发现他家里人打了10多通电话过来，只有第一通是接听了的，还看到了他家里人发来的消息，表示拉色再不回来他们就要报警了，求我快点让他回家。那一刻，我突然感到脑袋里在嗡嗡作响，才意识到自己做错事情了。当我和同事通电话，讲述了这件事情的经过后，她的话更是让我恍然大悟。在拉色留宿我们宿舍时就应该马上让他父母知情，以免他们担心，可我却拖到了第二天晚上，让他们白担心了这么久，此外我应该亲自把他送进家门，跟他家人解释清楚这件事的前后原因，表明自己的错误。懊恼的心情直接涌入心头，我甚至到拉色的家门口了都没有进去解释事情的经过，并且道歉。当时的我，脑袋一片空白，只是呆呆地站在原地等待我的同事，在同事的陪同下和拉色的父母解释事情经过，并表达歉意。

后来，在回去的路上，我一直很难受，非常懊悔自己的处理方式，想不通当时的我为什么不在电话里跟拉色的家人解释清楚，而且都到家门口了还不敢进去当面和他家人道歉，不知道当时的自己在想些什么。幸好有同事的帮忙，才顺利地和拉色的家人解释并道歉，否则我可能会内疚一辈子。

二、故事评述

从张樊撰写的一个个故事中，我们看到了她作为社会工作专业的学生，在凉山州易地扶贫搬迁社区开展服务时的工作片段和多样化的感悟。她细腻入微地记录下与孩子们相处中的点滴，展现出融入孩子世界的亲和力。她主动走访贫困家庭，发现孩子们的生活困境。她积极开展劝学工作，不断想方设法让儿童重返校园。在她坚持不懈的努力下，终于说动一个长期旷课的女孩返校。张樊的故事折射出在彝族地区从事社会工作服务时面临的困境，但更多展现的是社工服务的专业精神和人文关怀。她的服务故事让人感动的同时，我们也需要从中知道社会工作不仅需要个人的热情奉献，更需要系统支持和资源的持续投入，从而让更多专业社工能立足基层服务，让社会工作事业可持续地发展。

后 记

孙水河畔话沧桑

　　某日,杨、陈两人在孙水河畔展开了一场对话,展现了"彝路相伴""牵手伴行"行动计划为易地扶贫搬迁集中安置社区带来的新变化。现摘录一部分对话于此,谨作后记。

　　杨:两千多年前,汉武帝开发大西南,"卒为七郡",设置郡县(道),开始了中央政府对西南地区的有效管理。蜀人司马相如是汉王朝开发大西南的前线总指挥,他还搞过"桥孙水"的工程呢。他盛赞武帝经略西南"世必有非常之人,然后有非常之事;有非常之事,然后有非常之功"(《史记·司马相如列传》)。

　　杨:往事越千年,已是沧海桑田。70多年前,大凉山从奴隶社会一步进入社会主义社会,在政治制度上实现"一步跨千年"的巨变。70多年后,凉山人民在中国共产党的带领下,在全川、全国人民的帮扶下,通过自己的努力,打赢了脱贫攻坚战,与全国人民一道,迈入了小康社会,在经济上实现了"一步跨千年"的超越。这是当代版的"非常之人""非常之事""非常之功"!

　　陈:是啊,面对凉山这个脱贫攻坚的难中之难、艰中之艰,凉山干部群众和5 700多名综合帮扶队员牢记习近平总书记"我们人民的美好生活,一个民族、一个家庭、一个人都不能少"的殷殷嘱托,紧扣"两不愁三保障"的脱贫标准,以"上下同心、尽锐出战、精准务实、开拓创新、攻坚克难、不负人民"的脱贫攻坚精神，啃下了最难啃的"硬骨头"，攻克了深度贫困的最后堡垒。

陈： 在"两不愁"方面，凉山把产业富民作为脱贫攻坚的重要支撑，推动彝区群众收入保持快速稳定增长。2021年，凉山脱贫人口人均纯收入达10 633元，是2016年的3.5倍，彻底解决了吃穿问题。

陈： 在"三保障"方面，全州建成乡镇标准中心校667个，劝返2.2万名贫困家庭失辍学子女复学，"学前学普"行动惠及42万名儿童，"人人有学上，人人上好学"的愿景逐步实现。消除乡、村医疗卫生服务"空白点"，常住贫困人口家庭医生签约服务达100%，为实现"大病不出县、小病不出村"奠定了坚实基础。7.44万户35.32万贫困群众，通过易地扶贫搬迁告别"一方水土养不好一方人"的贫瘠之地，如今凉山大地，新居新寨拔地而起，一派兴盛景象。2020年，全州11个贫困县全部摘帽、2 072个贫困村全部退出、105.2万贫困人口全部脱贫，书写了中国脱贫奇迹的凉山篇章。

陈： 自古民生无小事，一枝一叶总关情。一直以来，我们始终贯彻"民政为民、民政爱民"的理念，在脱贫攻坚期间，民政部门连续多年出台加强农村低保制度与脱贫攻坚政策有效衔接的具体措施，将全州20万多建档立卡的贫困户纳入低保兜底范围，实现"应保尽保、应兜尽兜"；全面落实特困人员、孤儿、事实无人抚养儿童、流浪乞讨人员救助保障政策，实现"应养尽养、应救尽救"；建立健全困难残疾人生活补贴和重度残疾人护理补贴标准动态调整机制，做到"应补尽补、应助尽助"；积极落实农村留守儿童、留守妇女、留守老人关爱服务政策，做到"应帮尽帮、应扶尽扶"，可以说民政兜底对打赢脱贫攻坚战做出了巨大的贡献。特别是在易地扶贫搬迁后续治理方面，在大家都在"摸着石头过河"时，民政基层治理实践犹如一场"及时雨"，通过社区、社会组织、社会工作者"互联、互动、互补"的三社联动，有力推动了易地扶贫搬迁集中安置点健康发展。如今回想起来，那真是一段火红的岁月！

杨：是啊，那是个火红的岁月！我们都是见证者和亲历者。脱贫攻坚战打响后，省民政厅迅速启动了"种子基金"项目助力彝区乡亲。稍后，省民政厅又与凉山州政府通力合作，实施"彝路相伴"三年行动计划。

陈：记得"彝路相伴"三年行动计划是2019年在昭觉县启动的。时任四川省委常委、组织部部长王正谱，时任凉山州委书记林书成同志以及达瓦书记和您亲自出席了启动仪式。

杨：是的，启动仪式的情景还历历在目，宛如昨日。记得王正谱同志在启动仪式上饱含深情地说，从山上搬下来的乡亲们，离开了他们祖辈生活的熟人社会，搬进了社区，他们有一个艰难的适应期，此时的他们需要更多的关爱。同时，安置社区党建工作的开展也相对困难，需要自觉增强执政意识，抓好党建引领。

陈：是啊，大量的老乡从山间村寨迁徙到县城社区，面对全新的生活环境，在生理上、心理上都需要一定的时间来适应和融入社区生活，所以一开始存在的问题千头万绪、错综复杂。例如，在生活上，老乡们原本在农村有自有耕地，在一定程度上可以自给自足，搬到集中安置社区后无地可耕，不少老乡存在土地难舍、农活难放的思想；在党建工作上，来自9个乡镇33个村的88名党员搬进社区，社区"两委"班子的选拔、流动党员的教育管理等方面面临不小的困难；在社区管理上，不少安置点存在搬迁居民的户籍所在地和实际居住地不一致问题，导致出现"迁出地管不好、迁入地管不了"的尴尬局面，甚至造成就学、就医、社保、医保等基本公共服务发生断档的问题。

杨：这也正是我们精心策划实施"彝路相伴""牵手伴行"行动计划的初衷。2020年以来，我们针对安置社区的特殊情况和搬迁群众的实际需要，在凉山州昭觉县沐恩邸社区、布拖县依撒社区、金阳县东山社区、美姑县北辰社区、越西县感恩社区和喜德县彝欣社区6个大型集中安置点，通过环境营造、资源链接、特色服务、场景呈现等方式，引导搬迁群众融入现代文明生活。2021年以来，又推广"彝路相伴"经验，策划实施"牵手伴行"行动计划，把包括整个凉山州在内的全省800人以上共33个安置点全部纳入，防止搬迁群众规模性返贫返迁。这3年，我们既是推动安置社区治理发展的参与者，也是搬迁群众幸福融入的见证者，见证了在此过程中，各地克难奋进、迎难而上，推动易地扶贫搬迁集中安置社区治理工作取得良好成效。

陈："彝路相伴""牵手伴行"项目实施几年来，搬迁群众生活发生了翻天覆地的变化。主要有四个方面得到了提升。第一，就是治理队伍壮大了。社区配齐配强了"两委"班子，摸索出"125+10"工作法，即社区党支部书记、居委会主任"一肩挑"，社区"两委"分片管理，5名支部委员点对点联系社工站、志愿者、红白理事会等10个各类机构组织，构建了"横向到边、纵向到底"的治理体系。在您的指导下，围绕领导支持、社区职责、社区制度、项目工作法、社会组织管理5个方面制定了3万余字的《彝欣社区工作手册》，推动社区治理有章可循、有规可依。第二，就是服务能力提升了。我们在大型集中安置点打造了集"党建活动、为民服务、教育培训、协商议事、文化宣传"功能于一体的综合阵地，群众办事、开展活动更加便利了。此外，对于"一老一小"等特殊群体，省民政厅牵头积极链接社会资源，在社区实施了"快乐同行""居家养老""天府银龄""四点半课堂""爸妈食堂"等多种老幼关爱服务，实现老有所依、幼有所养。第三，就是内生动力更强了。创办积分制惠民超市，设立环境卫生监督岗等7个积分岗位，细化设置25个加分项目、15个减分项目，兑换物品主要有日常生活用品、学习文具、家用电器等，积分最高的把"新风1号"新能源小汽车都兑换回家了，全面激发了居民的内生动力。第四，就是生活更加便捷了。社区保洁员吉力五支曾对我讲："自从搬到彝欣社区以来，这里的生活环境、居住条件样样都很好，我们都很满意，也很高兴，做啥子都很方便。上县城买东西，坐公交车一块钱就到了，特别是孩子们上学读书更近，几分钟就到了，学习成绩个个都还不错。"

陈： 现在社区的群众都在讲："过去，共产党让咱们翻身当家做了主人。现在，又让咱们住上了好房子，过上了好日子！多亏了共产党啊！党的政策好！现在什么都好！"

杨： 对，你对安置社区群众面貌焕然一新深有感触、思考颇深。这些变化的背后，我们可以看见清晰的"以人民为中心"的理念是如何通过民政系统的实践得以落地的。我们既真心实意又"真金白银"，尽最大努力整合项目、投入资金、链接资源，做到"尽我所能、倾我所有"。3 年来，整合民政领域各类项目 99 个、投入资金 3 506 万元：2020 年在"彝路相伴"所涉社区实施项目 23 个、投入资金 1 404 万元；2021 年扩面实施"牵手伴行"计划后，整合实施各类项目 54 个、投入资金 1 752 万元，其中，城乡社区治理试点项目 9 个、投入资金 750 万元，社工服务体系建设试点项目 29 个、投入资金 692 万元，"快乐同行"儿童关爱项目 6 个、投入资金 110 万元，老人关爱项目 10 个、投入资金 200 万元；2023 年，继续整合各类项目 19 个、投入资金 350 万元。同时，发出倡议链接社会组织资源，为集中安置社区捐赠生活用品、儿童书籍等现金物资 4 000 余万元。这些资源，沿着党建引领、综合服务，特别是社工专业服务的路径，浸润到安置社区、惠及社区居民，在社区党组织和社区居民之间架起了坚固的互通桥。

陈： 非常感谢省厅的大力支持，不仅给我们投入了大量的必不可少的资金，还引进了这么多高校专家给我们指导，引进这么多专业社会工作者和社会组织来帮助我们，这些人力资源也是推动安置社区产生变化的关键所在。

杨： 这是"彝路相伴"及稍后的"牵手伴行"项目的特色所在。我们组织四川大学、西南财经大学、西南民族大学、西南石油大学、成都信息工程大学、西华大学等高等院校，先后 30 余次赴安置社区实地调研，指导社区做好治理规划；开展线上督导 37 次，帮助培养提升 50 余名社区干部、驻站社工的工作能力和服务水平，加强智力帮扶；利用寒暑期时间，先后分组派出 150 余名大学生志愿者，扎根安置社区开展志愿服务。四川光华、成都爱有戏、成都同行等 9 家专业社工机构，运用专业社工方法解决社区问题、开展社区营造、帮助培育人才、促进社区治理，服务群众 10 万余人次。整个项目，发挥了专业社会工作者服务安置社区居民、助力安置社区党组织的作用，在传统的彝区引入了新的社区治理理念，以专业的方法开展工作。

陈：我想起就很有感触。在"彝路相伴"三年行动计划实施过程中，有一个例子最让我感动。彝欣社区有一名 82 岁的彝族老人阿力阿玛。早前，阿力阿玛在丈夫去世后就一个人住在老家，子女都在外务工，平常只能与鸡鸭做伴，属于留守独居老人。如今，阿玛住在社区里，每天参加社会组织和志愿服务者为社区老年人组织实施的"居家养老""天府银龄""爸妈食堂"等多种老幼关爱服务活动，结识了不少新朋友。我记得她曾经还对您说过："自从搬到社区来以后，我越活越想变年轻些，做梦都想回到十多岁，再好好体验一次当下的生活！"

杨：确实十分感人。对了，您之前在凉山州民政局当副局长时，我们就开始实施这个项目，现在您到喜德县任县委常委、组织部部长，我们这个项目正好也在喜德县实施，您作为参与者、见证者，您认为这项行动为基层的党组织建设或者说巩固党的执政基础有何影响？

陈："彝路相伴"三年行动计划实施以来，省民政厅联合四川大学、西南石油大学、成都信息工程大学等 7 所高校，组织专业社工机构，与凉山州委、州政府合作，采取"厅—州—校—社"四方联动的模式，在彝欣社区建立四川省大学生"三下乡"社会实践基地和标准化社区社会组织孵化园，推动凉山州生辉社会工作服务中心、喜德县聚善社会工作服务中心等5家社会组织建立社区老年自助志愿服务队、治安志愿服务队、儿童互助组等志愿者团队，社区"本土组织"从无到有、从有到优。社区各类组织者正在一步步地构建起易地扶贫搬迁集中安置点社区党组织领导下的现代化治理体系，社区和治理服务延伸到搬迁群众生活的方方面面，大到发展集体经济促进就业增收、"一老一小"的关爱服务，小到为群众交电费、修水管，党组织和群众的联系越来越紧密，群众对党组织的满意度不断提高。

杨：对！这个项目取得的最大成效就是，通过专业社工服务加强易地扶贫搬迁集中安置社区治理，这是加强基层治理能力现代化的有益探索，进一步夯实了党在欠发达地区的执政基础。我们主要通过三个措施来实现的。

杨：第一，就是增强基层党组织的组织力，实现支部工作载体化。整合社区治理、养老、儿童、救助等项目，安排社会救助、老幼关爱、社区营造等各类服务项目，精准回应不同群体的需求。同时，在安置社区全覆盖建立社会工作委员会，建立服务清单，常态推动社区"两委"运用社工服务理念，为群众开展暖心服务，也帮助社区孵化社区社会组织，形成"一核多元"的治理力量。社区党组织通过这些项目的实施和多元治理力量，开展社区工作，实现载体化，与群众之间架起了"连心桥"，进一步密切了党与群众的联系，有效推动群众团结在党组织周围，切实提升了党组织的组织力、凝聚力。

杨：第二，就是突出"以人民为中心"，推动社区工作项目化。紧密围绕社区老人、儿童、残疾人、妇女等群体最迫切的需求，指导社区积极依托社区社会工作委员会，开展需求收集、需求评估等工作，及时了解群众需求，指导形成"需求清单"，并及时对外发布。针对"需求清单"中需要部门或社会帮助解决的需求，指导社区"两委"主动向上级有关部门寻求帮助，增强其主动链接、主动作为的意识，形成"供给清单"，让社区对各类项目、政策资源"一表清"。坚持社区工作项目化理念，通过公开投票等方式充分征求群众意见，围绕设施维护、老年爱护、儿童照料、社区治理、志愿服务等不同内容，形成当前年度安置社区"重点工作项目清单"，实现社区工作项目化，并始终以项目工作为主线，推动社区工作项目化开展。

杨：第三，就是引进专业服务力量，助力实现社区服务现代化。坚持"寓治理于服务"的理念，着力以优质、专业的社工服务带动社区志愿服务、治理服务，通过服务密切党群关系、拉近干群关系、融洽邻里关系。3 年来，先后推动凉山州在新建的 49 个社工站点中选出 29 个围绕安置社区布局，最高峰时引入了 25 家机构、89 名社工，常驻 25 个安置社区，实现了对 800 人以上的安置点的全覆盖。社工机构的队员使出浑身解数，在安置社区营造了弱有众扶、老有颐养、幼有善育、互帮互助、家园共建的治理场景。有的结合社区已有的"四点半课堂"、老人看护等服务，进一步赋能社工专业方法，让这些服务更精准、专业；有的结合社区需求，创新开展"快乐同行""天府银龄"等社工服务项目，在儿童关爱、为老服务、救助服务、社区治理等方面，为搬迁群众提供专业社工服务；有的围绕社区治理需求，实施"小手牵大手""社区微菜园"等项目，有效激发群众参与社区治理的积极性；有的积极在安置社区组织开展"放飞梦想"音乐课、"七彩益"学堂暑期成长计划等志愿服务，惠及社区群众 3 万余人次。

陈：不瞒您说，我在这个过程中，也收获很大，特别是学到了用社会工作专业方法去推动党建工作、群众工作。

杨：我听说，在这期间，您去参加并通过了社会工作职业资格证考试。

陈：是的，喜德县委高度重视社会工作在基层治理中发挥的重要作用，动员全县 671 名村（社区）"两委"干部、志愿者等群体参加初、中级社工考试，报名人数居全州首位。在备考阶段，州民政局更是免费发放考试资料 671 套，并邀请深圳社会工作学院执行院长余令带队到喜德开展现场教学、议题解答、模拟考试等多种线上线下培训，帮助我们更好更快地理解社会工作的知识点。课上我认真做好笔记，课后我每天抽出两小时，对有疑问的知识点、老师列举的难点进行复习，并按照考试大纲中相应模块进行对应的习题练习，结合自身工作实际以及在州民政局工作时积累的经验，充分对习题中的案例进行比较，加深认识。经过不断学习，我顺利通过考试取得中级社会工作师资格。

杨：您认为基层党支部书记以及其他开展群众工作的基层干部是否需要学习社会工作专业方法？

陈：非常有必要。对社工工作方法进行全面系统的学习后，我学会了很多用心理学的知识和方法解决问题的技巧，这让我在推动基层工作的过程中，面对不同的群众诉求以及基层工作的痛点难点堵点问题时，能够用不同的视角去思考问题、解决问题，更好地贯彻全心全意为人民服务的根本宗旨。到现在还有同事在开我的玩笑，说我是"社工部长"，但我倒是希望喜德以后能出现更多的"社工书记""社工村长"，让更多基层干部掌握社会工作专业方法，推动治理理念由"管制"向"善治"转变，加快喜德易地扶贫搬迁集中安置点社区社会工作专业化进程。

杨：您说得太好了，我让工作人员记录下来，推动更多基层干部治理理念由"管制"向"善治"转变，促使社区干部了解社会工作知识、掌握社工方法，并充分运用到社区工作中，不断创新服务群众的载体、内容，提升服务群众的针对性、有效性，积极孵化社会组织、志愿服务队伍等多元主体，推动安置社区治理现代化发展。

陈：最是一年春好处。当前，正值"管制"向"善治"转变之际，我非常乐意做一个合格的"社工部长"，持续强化组织力，筑牢基层治理根基。

（作者：四川省民政厅杨伯明、喜德县县委陈浩良）